# SUDORES FRÍOS

## Relatos de terror y fantasía oscura

Margarita Regalado

Los personajes y eventos que aparecen en este libro son ficticios. Cualquier similitud con eventos o personas reales, vivas o muertas, es mera coincidencia.

*A Carlos.*
*Gracias por formar parte de mi vida.*

*"Los monstruos más temibles son los que se esconden en nuestras almas". Edgar Allan Poe.*

# CONTENIDO

## El comienzo del resto de tu vida

La espera le había parecido una tortura: los meses sin noticias por canal alguno, oficial ni extraoficial. Pero al fin parecía verse la luz al final del túnel. Luz negra entre cuatro paredes, pero luz, al fin y al cabo. Y se aferraría a ella como a un clavo ardiendo.

La multitud bailaba entre una cacofonía visual de colores fluorescentes. El calor de los cuerpos en movimiento bañaba el aire y reforzaba el olor a alcohol y quién sabía qué más. Lucas conocía de primera mano lo que el dinero podía comprar en aquellos espacios, las humildes bolsas de aspecto inocente que prometían viajar más allá de lo terrenal.

Lucas cerró los ojos y dejó caer hacia atrás la cabeza mientras bailaba. La noche se acercaba a su ocaso sin que decayera el ritmo. Había echado mucho de menos estos oasis, esta pequeña evasión nocturna del cauce monótono e insulso de la vida diaria. Durante unas horas a la semana, tantas como su cuerpo le permitiera, se abandonaba a un laberinto de música, luces, cuerpos; el único paraíso terrenal que había conocido. El regreso a la rutina se le hacía más soportable sabiendo al otro lado le esperaba este descanso.

Una frialdad intensa e inesperada le rozó la mano. Lucas abrió los ojos. Una figura pasaba por su lado; una figura de pelo largo flotando al aire cargado de la sala y manos pálidas recortadas contra la oscuridad. La figura se giró y un par de ojos azules se clavaron en él durante un breve instante.

Antes de que pudiera reaccionar, la figura había desaparecido entre la muchedumbre. Lucas parpadeó. Algo en esos ojos parecía haberle hablado. "Ven," parecía decir. Y, entre líneas, la promesa de algo que ninguna droga podría proporcionarle.

Se abrió paso entre la multitud en la dirección en la que la había visto marcharse. Al instante volvió a atisbarla: la misma figura, la misma cabellera, un breve resplandor de aquellos mismos ojos azules, atravesando la sala, alejándose de él. La siguió. Entre la ardiente masa de cuerpos en movimiento, distinguió cómo la figura se apoyaba en la pared al otro lado de la sala. Hubo un destello de luz cegadora y la figura desapareció.

Lucas tardó apenas un par de zancadas más en alcanzar la pared. Pero ya era demasiado tarde. La figura había desaparecido como por arte de magia, sin dejar rastro alguno tras de sí. Lucas contuvo un gemido de dolor. Un deseo de obstinación animal le ardía en las entrañas: debía alcanzar a la figura; sujetarle la mano, mirarla a los ojos, oler su perfume. No sabía por qué, pero lo necesitaba. La necesitaba. Lucas palpó la pared, desesperado, sin saber bien qué buscaba.

Y lo encontró. Oculta bajo la oscuridad de la sala y el complejo diseño que recubría las paredes, sus yemas sintieron una hendidura casi imperceptible que se extendía con la forma de una puerta. Colocó ambas manos en la pared, en el mismo punto en que había visto desaparecer a la figura, y empujó con todas sus fuerzas. La puerta oculta cedió y giró apenas unos centímetros sobre sus goznes. Una chispa de luz, apenas un hilo, se derramó sobre el suelo de la oscura sala de baile. Lucas atravesó el umbral sin pensarlo y cerró la puerta a su paso.

Una intensa luz blanca lo cegó. Parpadeó de forma instintiva. Conforme sus ojos se acostumbraban distinguió cada vez más detalles del lugar al que había entrado: un estrecho pasillo de un intenso blanco nuclear, iluminado por apliques fluorescentes pegados al techo como polillas a una lámpara. Y la sangre. Un reguero oscuro de sangre seca, como el producido al arrastrar un cadáver, cubría el suelo. No lo asustó. Al contrario, parecía prometerle algo, algo que no supo describir.

Siguió el rastro de sangre hasta una puerta de un blanco puro. El pulso se le aceleró. De algún modo instintivo e inexplicable sabía que tras aquella puerta encontraría todo lo que jamás podría desear. La abrió y dio un paso decidido hacia delante.

Una sala amplia, de paredes tan blancas como las del pasillo, se reveló ante sus ojos. Y en ella, antes de que pudiera distinguir nada más, personas: al menos media docena, cada una distinta de las demás y todas ellas las más hermosas que hubiera visto en su vida. Un muchacho pelirrojo cubierto de delicadas pecas descansaba reclinado en un diván mientras sostenía la mano apergaminada de una anciana de porte regio; un hombre robusto de piel oscura y una joven de ojos almendrados conversaban entre susurros sentados en un rico sofá; dos figuras de aspecto elegantemente andrógino se abrazaban de pie en un rincón. Y ella. En el centro de la escena, de los susurros y las caricias, la figura que lo había rozado en aquella sala de baile que se le antojaba ahora un sueño: una muchacha de pelo negro y ojos de color añil. Y le sonreía.

Todas las miradas se clavaron en Lucas.

-Has venido -habló la figura de ojos añiles. Lucas contuvo un gemido de placer. Aquella voz, suave como una caricia, superaba todo lo que hubiera podido imaginar-. Me deseas. ¿Verdad?

Lucas asintió y dio un paso al frente, hacia ella. El corazón le golpeteaba con fuerza en el pecho. Agitación, excitación; no había palabras para describir su estado.

-¿Nos deseas? -preguntó la figura, indicando con un gesto al resto de sus acompañantes.

Lucas volvió a asentir con la cabeza.

-Más de lo que jamás he deseado nada en este mundo. -Las palabras salieron de sus labios sin esfuerzo, casi sin pensarlo-. Os deseo.

Satisfecha, la figura de ojos azules se acercó a él a paso lento. Las otras figuras se habían puesto de pie y se acercaban también a él, siempre por detrás de la figura de ojos azules.

-Te deseamos, Lucas -afirmó la figura. La excitación no permitió a Lucas plantearse cómo sabía su nombre aquella desconocida-. Te deseamos más que a nada en este mundo.

La figura de ojos azules llegó junto al muchacho y le apoyó una mano helada en la mejilla. Lucas creyó desfallecer. Una segunda mano helada se le posó en la nuca.

-Te deseamos -repitió la figura. Su cuerpo se presionó contra el del muchacho, demasiado distraído como para prestar atención a los sucesivos pares de manos heladas que le alcanzaban el torso, las piernas, los brazos. La figura de ojos azules rozó con sus labios la mejilla del muchacho, la mandíbula, el cuello-. Te deseo.

Lucas gimió de placer cuando los colmillos de la figura se le clavaron en el cuello. Un segundo par de colmillos atacó en la muñeca; un tercero, en el brazo. Perdió la cuenta conforme una rápida sucesión de mandíbulas se aferraban a su cuerpo. Sintió cómo la sangre lo abandonaba en dirección a cada una de aquellas bocas hambrientas. Le fallaron las piernas, pero el agarre firme de aquellas figuras impidió que cayera al suelo. La mente se le nublaba y un intenso calor le ardía en el pecho, mejor que ninguna droga, mejor que nada que hubiera conocido. Había alcanzado aquello que buscaba.

Con su último hálito de vida, Lucas se permitió sonreír.

## En la sangre

El ruido de un golpe seco despertó a Román en plena noche. Se irguió e intentó sin éxito escrutar la espesa oscuridad. Un segundo golpe resonó en el aire, más distante que el primero. Román aguzó el oído y extendió una mano hacia la barra metálica que ocultaba junto a la cama; apenas una antigua tubería, lo bastante fuerte para mandar a alguien al hospital o, con un poco de dedicación, al cementerio. Esperó. Sonó un tercer golpe. Román se puso en pie, barra en mano, y salió del dormitorio a paso rápido: el ruido provenía del vestíbulo. Quien fuera que se había colado en su casa lo iba a pagar caro.

Para cuando llegó al vestíbulo, la vista ya se le había acostumbrado a la oscuridad. No había nadie. Más aún, todo seguía en el lugar exacto en que lo había dejado hacía horas: las llaves, la chaqueta, el paraguas. Antes de poder plantearse la localización del intruso, un cuarto golpe sonó desde fuera de la casa; en concreto, desde el otro lado de la puerta de entrada. Román salió a buscarlo; el intruso debía de haber escapado por la ventana de la cocina.

La humedad de la inminente tormenta se le pegó a la piel en cuanto salió de la casa. Las diminutas gotas de agua empapaban el suelo de cemento y ensordecían sus propios pasos. El frío de la brisa le hizo lamentar no haber parado a coger la chaqueta. El arrepentimiento duró poco: tanto como tardó en oír el siguiente golpe. Sonaba en la carretera, a pocos metros de la casa. Corrió en su búsqueda.

Los golpes aumentaron poco a poco de frecuencia. Román los siguió por la carretera desierta durante varios metros, más de los que pudiera calcular, pasando de largo casas primero y solares abandonados después. Un desagradable reguero de sudor, caliente y pegajoso, empezó a correrle por el cuello, el pecho y la espalda, pero no le prestó atención. Una sola cosa ocupaba toda su mente: el intruso; alcanzarlo, atraparlo, darle su merecido. Salió de la ciudad sin darse cuenta.

Su propio cuerpo lo obligó a parar para coger aliento en medio de un campo de cultivo. Examinó el paisaje a su alrededor mientras se limpiaba el sudor con una mano. En la densa oscuridad de la noche, distinguió tallos que le llegaban a la cadera, quizá de trigo o cebada, hasta donde le alcanzaba la vista. Un silencio ensordecedor se cernía sobre él. No sabía dónde estaba. Apenas sabía cómo había llegado hasta allí. Dudó si debía volver a su casa, aunque no supiera cómo.

Un golpe sonó a pocos metros. Román se quedó quieto y volvió la vista en la dirección del ruido. No veía nada. Sonó otro golpe, más cerca; después otro, y otro, y otro. Román distinguió un leve vaivén entre los tallos, como si algo se abriera camino entre ellos. Se dirigía hacia él. Román recordó que aún asía la barra de metal y la alzó en el aire, listo para atacar. El corazón le golpeteaba con fuerza en el pecho. Conforme se cerraba la distancia entre ambos, atisbaba poco a poco a la criatura que se acercaba. Primero distinguió apenas destellos entre los tallos maduros: briznas de pelo sucio, carne amoratada, una mano diminuta cerrada en un puño, una pierna rota que cojeaba.

Su propio hijo apareció de entre los tallos, tal y como lo había visto la última vez: un cadáver de cinco años, de huesos rotos a golpes y piel cubierta de sangre y moratones. El niño le sonrió con aquella media sonrisa suya, medio paralizada, que Román tanto odiaba, porque le recordaba todo lo que podría haber ido bien, que tenía que haber ido bien, y había fallado.

Pero no podía ser. Su hijo, Miguel, estaba muerto. Llevaba cinco años muerto. El propio Román lo había matado y después enterrado en un campo abandonado a unos pocos kilómetros de la ciudad.

El niño ensanchó la sonrisa y lo miró fijamente con aquellos ojos marrones, idénticos a los del propio Román.

-¿Te acuerdas, papá? -habló, con aquella voz pastosa y ahogada suya, que Román tanto había odiado. El niño hace grandes progresos, le habían dicho los médicos. Él nunca lo había creído-. Esta noche hace cinco años. Me escondiste aquí, en este mismo campo.

Román no contestó. Un sudor frío le había empezado a correr por el cuerpo.

-Llevo todo este tiempo vigilándote -siguió el niño-. Y a mamá también, hasta que vino conmigo. ¿Te acuerdas, papá?

Por supuesto que se acordaba. La llamada desde el hospital, las recriminaciones de la que había sido su familia política. Lucía jamás superó la muerte de su hijo. A Román le dolió perderla. En su nota de suicidio, su exmujer había añadido una línea para él: "Gracias por todo". Y le dolía porque no tenía sentido. Román había matado a Miguel por el bien de todos, para poder retomar la que había sido su vida con Lucía antes, sin la carga de un hijo que nunca sería como habían esperado. Para volver a ser felices y, quizá, para esta vez tener el hijo que merecían. Pero Lucía nunca lo supo, siquiera. Solo supo que Miguel había desaparecido un día y que su cadáver había aparecido un mes después, sin que la policía pudiera nunca encontrar al culpable. El divorcio llegó en cuestión de un año. El dolor se la llevó para siempre, en forma de un puente sobre la carretera, en dos años.

-Ya sabe que fuiste tú -explicó Miguel, aquel diminuto cadáver reanimado-. Yo se lo expliqué. Y me dijo que viniera a buscarte.

Un escalofrío le recorrió la espalda a Román. Miguel extendió las manos hacia él.

-¡Pronto estaremos los tres juntos! -exclamó el niño con una amplia sonrisa-. ¡Ya verás lo bien que lo pasamos!

Román dio un paso hacia atrás. Miguel abrió su pequeña boca como nunca, por entero, y empezó a reír. Román notó que un dolor agudo le atravesaba la cabeza como un cuchillo. Dejó caer la barra metálica y se llevó las manos a las sienes. Le sangraban los oídos.

Intentó alejarse, pero tropezó y cayó al suelo.

A la mañana siguiente, el personal de aquel campo de cultivo descubriría un cadáver entre los tallos maduros de cebada, tan amoratado y destrozado que no supieron distinguir más. Los análisis forenses más tarde reconstruirían una muerte violenta, larga y agónica, a golpes con un objeto pesado.

Durante el levantamiento del cadáver, a alguien le pareció oír entre el rumor de la cebada la risa de un niño.

## El señor de la noche

No importaban los nombres ni las identidades previas, de las que se desprendían junto a la ropa tras atravesar la primera barrera de árboles. Solo la fe. La fe se traduciría en devoción, en sacrificio, en placer, en conocimiento. Iniciaría una reacción en cadena de la que no querrían ni podrían escapar. Todo se vería reducido y amplificado a la fe en su expresión más pura. Y llorarían. Llorarían lágrimas de gozo por haber roto con las cadenas de la vida como la conocían. La gente afuera estaba ciega y corrupta. Les llenaban los oídos de mentiras con que ocultar su verdadero destino. Porque habían nacido para aquel momento, aunque no lo supieran.

El dios cabrío esperaba en pie en el centro del círculo de piedra, en el claro del bosque. Los vagos reflejos de luz de luna recortaban los cuernos, grandes, retorcidos y afilados como cuchillos, contra la negrura de la noche. Una a una, en un orden sin palabras, cada persona se separaba del grupo, se le acercaba y después esperaba. Algunos clavaban las rodillas en el suelo. Otros se mantenían erguidos. En cualquier caso, el dios reaccionaba de igual manera, inclinándose para examinar al recién llegado. A todos los olía. A muchos los contemplaba un momento con aquellos ojos ambarinos. A unos pocos afortunados los lamía con una lengua inhumanamente húmeda. Buscaba, entendían en todo caso, evaluar cada alma que se le presentaba, juzgar si merecía tomar parte de la comunión de su iglesia. Por norma, recibían su aprobación, en forma de un balido satisfecho. En respuesta, los humanos marchaban hacia delante, más allá del dios.

Entre la espesura, a la espalda del macho cabrío, esperaba el resto de los feligreses, más que ocupados en una bacanal que duraría hasta el amanecer.

## El limonero

Lo primero que Remedios notó al despertar fue un fuerte olor a pólvora en el aire. Pensó en Teodosio.

Teodosio, marido del ama de llaves y el chapuzas oficial de la casa (una casa grande o un cortijo diminuto, según se viera), salía a cazar conejos una o dos veces al mes. Volvía en torno al atardecer, con las dos escopetas ("Una siempre de repuesto, señora, por lo que pueda pasar") cargadas al hombro. A su paso, impregnaba el aire del olor de las armas y los animales muertos.

Aquella noche, la intensidad del olor se salía de lo habitual. No podía haberlo causado Teodosio. Ni tan siquiera acompañado, como salía cazar a veces, de su hijo Esteban (la mayor, Rocío, seguía en Triana, trabajando de costurera). Una partida entera de caza, de veinte o treinta personas, quizá. Solo quizá. Y ni siquiera olía a conejos. El olor inconfundible a muerte nunca se le pasaba por alto.

-Huele a pólvora -susurró Remedios.

Miguel le tomó la mano en la oscuridad de la habitación. La pantomima del matrimonio les funcionaba muy bien. "Usted ni se preocupe," comentaba a veces Antonia, el ama de llaves. "Ya verá cómo dentro de nada tenemos a un par de chiquillos correteando por aquí en medio. Y si no, ¡pues nada! Ustedes se quieren y eso es lo que importa". Remedios se limitaba a asentir con una sonrisa.

-Demasiado -añadió Miguel, tendido aún en el escondite en que pasaban las horas diurnas.

Remedios escuchó con atención.

-Están en la cocina -anunció-. Antonia y Teodosio. Quietos. Con el pulso acelerado.

-Algo ocurre.

-Sí. Algo ocurre fuera.

Toda aquella farsa se le había ocurrido a Remedios hacía unos cinco años. Requería una rutina y algo de interpretación, pero valía la pena porque reforzaba la identidad falsa de ambos y la seguridad de su hogar. A primera hora de la noche, Miguel y Remedios aparecían en la cocina y preguntaban por las novedades. Primero tocaba el resumen de las tareas diurnas ("Fregué las ventanas del salón y después salí al mercado a por un par de cosas que hacían falta"; "Los naranjos están creciendo bien, pero el limonero no agarra, no sé por qué"). En muy contadas ocasiones Antonia y Teodosio les hacían llegar algún recado, a veces del criado humano de algún vampiro ("Ese señor, el tal don Álvaro, dijo que don Enrique vendría esta noche. ¿Preparo algo?"), a veces de un mero mortal ("Doña Rufina pasó a darle otra vez las gracias por lo de su marido. El pobre ya no estaba para recoger trigo..."). Después, Remedios y Miguel agasajaban a los criados de manera tan sincera como ritual ("Está la casa impecable, doña Antonia", "Quite el limonero si quiere; usted sabe más que yo de eso"). Tras plantear las próximas tareas, los mandaban a dormir hasta la mañana siguiente.

Aquella noche, la cocina no parecía la misma. No olía a platos recién lavados ni a comida. No se veían paños tendidos. En lugar de la alegre cháchara mortal a la que tanto habían llegado a acostumbrarse, un tenso silencio bailaba en el aire estival.

Encontraron a Antonia y Teodosio sentados a la mesa, con las manos entrelazadas y toda la figura encorvada. No alzaron el rostro hasta que Remedios no se colocó junto a ellos.

-¡Señora! -exclamó Antonia. Se levantó de un salto. Remedios vio que tenía los ojos llorosos-. ¡Están ustedes bien! ¡Menos mal!

-¿Dónde está Esteban? -preguntó Miguel.

-No sabemos -respondió Teodosio. Parecía haber envejecido diez años en un solo día-. Dijo que iría adonde hiciera falta. La gente se está organizando en la Macarena.

-Y en Triana -añadió Antonia mientras volvía a tomar asiento. La inquietud le coloreaba la voz como nunca antes en los años desde que la conocían-. Me lo dijo mi Rocío esta tarde.

-¿Organizándose? ¿Para qué? -habló Remedios con la mirada clavada en Antonia.

El ama de llaves tomó aire.

-Se ha declarado la guerra, señora. La gente se está organizando para luchar.

Si hubiera estado viva, a Remedios le hubiera dado un vuelco el corazón.

Aquella noche de verano, Miguel y ella supieron que algo cambiaba para siempre.

## Las que vienen a servir

En algún rincón de la casa, doña Valeria suspiró. Inés hizo oídos sordos y siguió leyendo. Sabía que a doña Valeria le gustaba suspirar; los años la habían acostumbrado a la presencia de la anciana. Al principio, como siempre hacía, se había esforzado en conocerla y ofrecerle ayuda para marcharse. Doña Valeria había declinado la oferta educadamente: no tenía interés en abandonar el hogar en que había nacido, vivido y muerto.

Ya de niña, Inés había aprendido que no todos los espíritus querían marcharse, abandonar el mundo de los vivos. No convenía forzarlos. Algunos llegaban a cambiar de opinión, pero no todos. Doña Valeria no daba problemas de convivencia. Al contrario, le hacía compañía y la ayudaba en lo que podía. Inés lo agradecía, sobre todo tras la marcha de sus hijos.

Inés depositó el libro en la mesa más cercana. Bajó la vista. En el suelo, una intrincada sucesión de formas geométricas dibujadas con ceniza le devolvió la mirada. Llevaba casi una semana intentando descifrar aquel hechizo, dar con la fórmula exacta para solucionar el problema que la ocupaba.

Inés extendió las manos en el aire y comenzó a recitar la fórmula que indicaba el libro. Saboreó cada palabra, cada sonido en aquella lengua milenaria; la lengua que conectaba planos, que unía a vivos y muertos, que rompía la barrera de lo sobrenatural; la lengua "de la práctica", como la llamaban.

Las líneas de ceniza echaron a arder. Inés continuó recitando sin inmutarse. Las llamas bailaban al ritmo de sus palabras. Crecieron hasta lamer el techo y después menguaron hasta apagarse y no dejar tras de sí más que una espesa cortina de humo en la habitación. Hasta las líneas de ceniza habían desaparecido. Inés calló y bajó las manos. Todo había ocurrido tal y como indicaba el libro. Esperaba que eso significara que el hechizo haría efecto.

Encontró a Valeria en el salón, como de costumbre. Le gustaba sentarse a mirar por el balcón. Inés aguzó el oído y comprobó que Cristina, la criada, seguía ocupada en la cocina. Tomó asiento junto a Valeria y fingió mirar por el balcón. En voz baja, para que la criada no la oyera, preguntó:

-¿Qué tal avanza la mañana, doña Valeria?

El rostro translúcido de la anciana se giró y le dedicó una sonrisa.

-Bien. La calle está muy animada.

-Me alegro. ¿Sabes por casualidad cómo avanza el hijo de Lourdes, la frutera?

La concentración frunció un instante el ceño de Valeria.

-Igual -contestó al cabo de un rato-. No tenga prisa. Se curará, ya verá usted que sí -añadió ante el gesto de preocupación de Inés-. Dele tiempo. Está haciendo usted todo lo que puede. Ese hechizo parecía bastante difícil. -Sonrió-. No tiene nada que ver con las brujas de las que me hablaban cuando era niña.

Inés se encogió de hombros.

-Casi ninguna tiene nada que ver.

-Ah, por cierto... -Un toque de tristeza coloreaba la voz de Valeria-. La nueva criada ha llegado hoy.

Inés hizo uso de todo su autocontrol para no levantar la voz.

-¿Ya? -Un escalofrío le había recorrido la espalda. Decenas de posibilidades, cada una más preocupante que la anterior, le bullían en la mente-. Tengo que ir.

-¡Cómo! -Valeria no se molestó en ocultar la sorpresa. Inés se puso en pie-. ¿Va a hablar con doña Ágata?

-No lo sé. Nunca me hace caso. -Inés se retorció las manos-. Pero no puedo quedarme aquí de brazos cruzados, eso seguro. Nos vemos después, doña Valeria.

La anciana inclinó la cabeza como despedida. Inés alzó la voz:

-¿Cristina?

Unos pasos apresurados precedieron a la aparición, en apenas un instante, de la criada en el salón. Venía secándose las manos en un paño de cocina.

-¿Me llamaba, señora?

-Voy a salir a pasear. Quizá me entretenga. Dile al señor que puede almorzar sin mí.

La muchacha asintió.

-Sí, señora. ¿Le guardo comida?

-Sí, gracias.

Cristina volvió a asentir.

Apenas unos minutos después, Inés salía a la calle. En el bolso, ocultos a miradas indiscretas, cargaba los elementos esenciales para unos pocos hechizos que esperaba no tener que utilizar. No le costó encontrar el camino, ni tardó apenas en llegar. Había recorrido aquella ruta más veces de las que le gustaría. Cuando llegó, encontró la puerta del bloque cerrada a cal y canto. Resopló entre dientes. No le gustaba empezar con un obstáculo. Localizó el número que buscaba en el interfono y pulsó el botón con fuerza.

Un chasquido indicó que alguien había descolgado al otro lado.

-Buenos días. ¿Quién es?

No reconocía aquella voz. Sonaba joven y femenina. Probablemente, la nueva criada.

Dudó.

-¿Diga? -insistió la voz de la criada.

-Soy Inés Montalba Torres, la hija de la señora -habló al fin, sin saber si estaba tomando la decisión correcta-. He venido a ver a mi madre.

-Espere un momento.

Unos pasos se alejaron al otro lado de la línea. Inés se mordió el labio inferior. El pulso se le aceleró cuando los pasos volvieron, subiendo de volumen hasta parar en seco. Contuvo la respiración.

-Benditos los ojos... O los oídos.

El corazón le dio un vuelco al oír la voz de su propia madre al otro lado de la línea. Inés se acercó más al interfono y bajó la voz. No permitiría que nadie las oyera.

-Ábreme, madre.

-Siempre tan impaciente. -La anciana rió-. ¿A qué debo el placer de esta visita?

-Prefiero hablarlo en privado.

-Ah, ¿así que es sobre la práctica? Si tienes dudas, podrías consultarlas con tus... amigas, por así llamarlas. Las que quedan, al fin y al cabo.

-Madre, sé lo que estás haciendo. Lo de las criadas. -Bajó más la voz-. Si no quieres que vaya a la policía...

-Ir a la policía ¿y qué? ¿Qué les vas a contar? ¿Qué pruebas tienes? ¿O acaso vas a llevar a Valeria para que haga de intermediaria?

-Madre, déjame subir -insistió-. Ya te he dicho que quiero hablarlo en privado. Te estoy dando una oportunidad.

La anciana volvió a reír al otro lado del interfono.

-¡Una oportunidad! Inés, olvidas quién tiene aquí la sartén por el mango. Nadie sospecha de mí. No soy más que una dulce y respetable viuda. El barrio entero me adora.

-Sé que has estado ayudando a la panadera. Y a algunos vecinos.

-¿Acaso tienes pruebas? -inquirió la anciana con todo desafiante-. Algo que puedas llevar a la policía sin que te tomen por loca. No, ¿verdad? -Inés guardó silencio-. Hija, no me explico que te comportes así. Te lo he dado todo, te he enseñado todo lo que sé, y a cambio me tratas así... A tu pobre y anciana madre.

Inés frunció el ceño.

-No vas a reblandecerme, madre. No con lo que has hecho. ¿Lo sabe acaso tu nueva criada? ¿Sabe lo que le espera?

-¿Así que un puñado de pueblerinas te importan más que tu propia madre? Lo que me faltaba por oír...

-Madre, ¡no me creo que te lo tomes con tanta tranquilidad! ¿Acaso no te das cuenta de que lo que haces está mal?

-El bien y el mal son relativos -argumentó la anciana-. A nosotras nos perseguían abiertamente hace no mucho. ¿Tengo que recordarte lo que le pasó a tu abuela? Solo el poder puede salvarnos, el poder para defendernos, para burlar a la muerte.

-¿Burlar a la muerte? -repitió Inés, aterrorizada-. ¿Es ese tu objetivo? ¿Vivir para siempre... a costa de otros?

-¿Por qué no?

-¿Que por qué no...? -Inés se llevó una mano a la sien, desesperada-. Madre, estás firmando tu propia sentencia de muerte. Tarde o temprano, alguien más se dará cuenta y actuará, alguien a quien no le tiemble el pulso. Y cuando llegue ese día desearás haberme hecho caso.

-Así que te tiembla el pulso. Me lo tomaré como una prueba de amor filial.

-Adiós, madre. Espero no tener que volver.

Antes de que su madre pudiera responder, Inés dio media vuelta y se marchó.

Pasaron los días. Las semanas. El hijo de la frutera se curó sin que nadie entendiera cómo. Inés leía con detalle los periódicos de sucesos, resoplando con una mezcla de alivio y dolor al no encontrar nada relevante.

Una noche, despertó de madrugada cubierta de sudor. Doña Valeria la observaba desde el umbral del dormitorio. Intercambiaron una mirada. El espíritu asintió.

-Se llamaba Pilar -hablo Valeria-. Doña Ágata la ha apuñalado, como a las demás.

Inés golpeó la cama con rabia. Otra vida que no había podido salvar. Otra criada muerta a manos de su madre.

## El monstruo que habita

Querido mío:

Mi roca, mi musa. Mi compañero.

Esta es la carta que esperaba que nunca tuvieras que leer.

No me busques. He huido de forma que no puedas seguirme el rastro. Es lo mejor para los dos. Si siguiera a tu lado te haría daño, de un modo u otro.

Te quise de distintas formas desde el primer día. Te admiré, te deseé, te valoré, te amé. Busqué tu compañía, tus palabras, tu cuerpo. Y tuve el placer de encontrarlos. Te ofreciste a mí como se ofrecen las flores al mundo cuando florecen: una hermosa corona de pétalos henchidos bajo la caricia del aire y la luz, una sinfonía de olor, suavidad y colores. Me abriste tu mente y tu corazón sin reparos.

Desearía poder decir lo mismo de mí misma. No solo por ti, ni por mi paz interna, sino por lo que significaría: no tener que cargar con esta horrible maldición.

Todo apunta a que nació conmigo, aunque tardara en mostrarse. Los primeros síntomas que recuerdo se remontan a mi infancia, a momentos tan desvaídos que no logro localizarlos. Recuerdo la intranquilidad cíclica, los cambios de comportamiento, el extraño apetito. No supe unir los puntos, ni nadie de mi alrededor. Ni mis padres, siquiera, dieron señales de saber.

Supongo que estaban acostumbrados. Estas maldiciones se heredan, por lo que quizás algún antepasado la compartiera conmigo. Mi padre es portador; eso lo sé con certeza. Con los años le he llegado a reconocer síntomas, aun si mucho más leves que los míos. Mi madre también carga rastros de una maldición que no logro identificar. Mi hermano, con toda probabilidad, es también portador.

Por eso te dije que no quería tener hijos, que quería evitarlo a toda costa, ahora y en el futuro: porque no me perdonaría pasarle esta maldición, condenar a este tipo de vida, a una criatura inocente. Aun en el caso de que solo fueran portadores, estaría arriesgándome a producir, de forma indirecta, nuevas generaciones de criaturas como yo, nuevas vidas sumidas en este dolor que no le deseo a nadie.

No quise decirte nada, no quise explicártelo, porque no quería hacerte daño. No quería que cargaras tú también con esta maldición. No se la deseo a nadie: menos aún a ti, amor, que me has hecho tan feliz. Contigo creí vivir un sueño hecho realidad.

Pero ya lo sabes todo. La maldición se revela de forma cíclica, sin que pueda hacer nada para evitarlo. Existen libros, expertos, pócimas y consejos. Los he probado. Me ayudan durante una temporada. Pero esta enfermedad no se cura, esta maldición no se borra; tan solo se adormece, se amansa. Y, tarde o temprano, resurge.

Amor mío, ya lo sabes todo. Ya me viste, anoche, escondida en la jaula que yo misma encargué, retorciéndome de dolor y arañándome el cuerpo. Ya viste las garras, las formas, el tamaño de mi figura distorsionada. Ya viste aquello en que me convierto cada luna llena.

Ya viste que los licántropos existen de verdad. Que existimos de verdad.

Hay mucho más en este mundo de lo que sabe la mayoría: criaturas extraordinarias, que no quiero mencionar por el reposo de tu mente; criaturas que, como yo, parecen salidas de una leyenda. Todas las leyendas guardan un poso de verdad. Y ahora conoces mi verdad.

Quisiera volver atrás y evitarlo todo. Evitar conocerte, evitar enamorarnos, evitar llegar a quererte tanto. Cerrar mejor la puerta de mi refugio. Quedarme en un rincón y no atacarte, presa de mi propio dolor y de la irracionalidad animal en que me sumo cada luna llena. No ser lo que soy.

De verdad que desearía no ser lo que soy.

Pero no puedo.

No tienes que preocuparte de transformarte en esto tú también. Para bien o para mal, esta maldición no se contagia: tan solo se hereda. Estás a salvo.

Si me aceptas el consejo, no compartas lo que has descubierto. En la mayoría de los casos, nadie te creerá. En el caso de que te crean, por norma te meterá en problemas. Toma esta verdad que has descubierto y guárdala en lo más hondo de tu persona. O, mejor, olvídala, si es posible. Olvida que el horror es real y camina entre nosotros. Tú puedes intentarlo; yo, no.

Amor mío, mi roca, mi musa, gracias por haberme hecho tan feliz y perdona por el dolor que te haya causado. Por mentirte, por atacarte anoche, por lo inabarcable de la revelación a la que te enfrentaste. Cuídate mucho y vive tu vida. Te quiero tanto que solo puedo desearte lo mejor.

Gracias por haberme hecho tan feliz.

Te quiere y te querrá,

Accalia

## El otro lado del espejo

María de los Ángeles se retiró un mechón caoba del rostro y aguzó el oído. Llevaba meses viviendo en constante alerta. El eco de los disparos y el aullido de las sirenas antiaéreas ambientaban ya sus noches con tanta naturalidad como la cháchara humana o la cadencia de los grillos.

No había sabido qué encontraría en Sevilla. "Allí ya está todo solucionado," se había jactado un orondo empresario con el que había compartido vagón y del que había escamoteado suficiente sangre para no llamar la atención. María de los Ángeles había esperado, quizá con demasiado idealismo, toparse con una suerte de oasis ajeno a la guerra que desgarraba al resto del país, que la ciudad que la había visto nacer y morir hubiera quedado al margen de la violencia. Y se equivocó. Oh, si se equivocó.

Olió a la sirvienta humana antes de oír sus pasos. Regresaba. Tras unos segundos, la mirilla se abrió con un chasquido metálico.

-Gracias por esperar -sonó la voz ronca de la sirvienta-. El señor tiene un par de preguntas para usted.

María de los Ángeles contuvo un resoplido. Empezaba a impacientarse. La sirvienta pareció darse cuenta, porque añadió:

-Entenderá que, con los tiempos que corren…

-Sí, lo entiendo, no se preocupe -respondió María de los Ángeles-. Hágame las preguntas. Pero, por favor, dese prisa.

Una avioneta militar, la enésima de la noche, atravesó el pedazo de cielo nocturno que se cernía sobre la callejuela.

-¿Qué llevaba Leandro en la solapa de la chaqueta en la última fiesta que celebró en su casa? -comenzó la sirvienta.

María de los Ángeles hizo memoria un instante.

-En la última a la que asistí, un ramillete de buganvilla.

-¿Cuándo tuvo lugar esa fiesta?

-La noche del 17 al 18 de abril de 1936.

-¿Y cómo abandonó usted Sevilla?

-En tren. Leandro me consiguió el billete con ayuda de don Enrique y doña Mercedes.

La sirvienta alejó el rostro de la mirilla. Antes de que María de los Ángeles pudiera aventurar el motivo, la puerta se abrió apenas lo suficiente para dejarla pasar.

-Entre -ordenó la voz de la sirvienta-. Rápido.

María de los Ángeles obedeció. La puerta se cerró a su espalda al momento con un golpe sordo. Entre las sombras del pasillo, a unos pasos de la puerta, distinguió una figura familiar: alta, regia, de una inmovilidad antinatural. Se permitió un suspiro de alivio.

Enrique salió de las sombras y extendió los brazos hacia ella.

-Bienvenida de vuelta, Mariángeles.

La muchacha inclinó la cabeza en señal de respeto.

-Don Enrique.

Una sonrisa satisfecha curvó los labios pétreos, como esculpidos, de su interlocutor.

-Siento que nos reencontremos en semejantes circunstancias. Herminia, -llamó Enrique. La sirvienta alzó la vista. María de los Ángeles la examinó con más atención. Era la misma que había llegado a ver una o dos veces antes de marchar a Barcelona. Debía de tener unos cincuenta años- yo atenderé a la señorita. Puedes volver a la cama. -La sirvienta asintió con la cabeza y se retiró. Enrique giró el rostro hacia María de los Ángeles-. Acompáñame. Pongámonos cómodos.

María de los Ángeles siguió a Enrique por los pasillos apenas iluminados de la casa hasta el despacho que tan bien conocía, donde tantas veces había acompañado a su maestro en alguna reunión. Al pensar en él, las terribles imágenes de apenas unas horas antes le volvieron a la mente. Contuvo un escalofrío. Si hubiera estado viva, se le habría acelerado el pulso. Tomó asiento en la butaca que Enrique le indicó.

-¿Puedo ofrecerte algo para beber? -María de los Ángeles negó con la cabeza por educación pese a la sed que le roía las entrañas; no probaba una gota de sangre desde hacía dos noches. Enrique cerró la puerta del despacho y tomó asiento frente a su invitada-. Me alegro mucho de volver a verte. ¿Has avisado de tu llegada a doña Remedios?

-No he podido.

-Entiendo. Ni me imagino las dificultades que debes de haber tenido para llegar.

-Permítame que las deje para otro momento. -María de los Ángeles se inclinó hacia delante-. ¿Dónde está Leandro?

El gesto de Enrique se ensombreció, pero guardó silencio.

-¿Ha huido? ¿Es eso? -aventuró María de los Ángeles-. Si es información sensible, entiendo que no la pueda compartir. Solo quiero saber que está bien. Por favor, don Enrique, ¿Leandro está bien?

-Me temo que no -habló al fin Enrique. Clavó la mirada en María de los Ángeles-. Lo asesinaron los golpistas al poco del comienzo de la guerra. Lo siento mucho.

Un pesado puño pareció golpear a María de los Ángeles en el centro del pecho. Las imágenes de la casa vandalizada volvieron con más fuerza que antes. No, su maestro no...

-¿A Leandro? -Se sentía desfallecer-. Pero él es muy antiguo, podría con una docena de mortales...

-Lo atraparon durante el día -explicó Enrique con calma-. Esa misma noche mandamos a un grupo a intentar rescatarlo, pero... -dudó- pero no lo consiguieron.

María de los Ángeles se dejó caer hacia atrás, hasta aplastar el intrincado recogido contra el respaldo del asiento y sentir las horquillas clavársele en la cabeza. Leandro, su maestro, su creador... muerto. Para siempre. Por eso habían dejado de llegar las cartas. Sabía desde el principio que su maestro nunca la abandonaría, que su silencio solo podía deberse a algo terrible, pero, aun así...

Volvió a clavar la mirada en Enrique.

-¿Por qué no me avisaron?

-Lo intentamos. -Enrique suspiró. Una pátina de arrepentimiento le oscurecía el azul de los ojos-. Los golpistas tenían el control de los telégrafos, revisaban el correo... No podíamos arriesgarnos y había asuntos demasiado urgentes de los que ocuparse en la ciudad. Lo siento, Mariángeles. De verdad que lo siento.

-Lo entiendo. -María de los Ángeles asintió. Debía mantener la compostura, pese al nudo que le presionaba la garganta y el temblor que le agitaba las manos-. La ciudad es lo primero. Solo lamento no haber llegado antes para ayudar a mantener el orden. La cúpula puede contar conmigo. Con gusto tomaré el puesto de mi maestro y creador y...

-Respecto a eso...

María de los Ángeles contuvo un gesto de sorpresa.

-La situación lo requería -comenzó Enrique. La pátina de arrepentimiento se le había extendido por todo el rostro-. La ciudad era un caos, mortales e inmortales caían a partes iguales, nadie sabía qué iba a pasar... Tú estabas en Barcelona y necesitábamos un reemplazo urgente para Leandro.

-¿Quién? -inquirió María de los Ángeles, ejercitando todo su autocontrol para no levantarle la voz a su superior.

-Como de costumbre, nos basamos en la jerarquía -explicó Enrique con una nota de orgullo en la voz-. No íbamos a asignar a cualquiera.

La conclusión lógica estalló con un chispazo de ira en la mente de María de los Ángeles.

-¿Claudia?

Enrique asintió con una sonrisa satisfecha. Parecía creer que a su interlocutora le alegraba la noticia.

-Lo está haciendo magníficamente -remarcó.

-¿Claudia? -insistió María de los Ángeles-. ¿La francesa que llegó hace apenas veinte años? ¿Le han dado el cargo de Leandro, mi maestro, mi creador, del que he aprendido durante casi siglo y medio… a Claudia?

-Sé que nunca habéis terminado de congeniar, -admitió Enrique con tono conciliador- pero está demostrando ser más que capaz para el cargo.

-Ese cargo me correspondía a mí por orden jerárquico. Soy la pupila que más tiempo ha pasado con Leandro.

-Estabas en Barcelona, Mariángeles.

-¡Porque me mandó Leandro! -protestó, sin poder contenerse más-. ¡No hacía más que cumplir sus órdenes!

Un esbozo de severidad frunció el ceño de Enrique.

-Cálmate, Mariángeles. Entiendo que estás cansada del viaje y que la noticia de la muerte de tu maestro te ha afectado mucho. Quédate aquí hoy a descansar. Mañana por la noche…

-Tú no entiendes nada, Enrique.

Por el gesto que dibujó, parecía que Enrique acabara de recibir una bofetada. Se puso en pie.

-Mariángeles, retira eso. Recuerda que soy tu superior y, como tal, merezco un cierto respeto por tu parte.

-¿Respeto? -María de los Ángeles también se puso en pie. Dirigió a Enrique una mirada cargada de asco-. El respeto se gana, Enrique. Se gana como yo me gané mi puesto para la cúpula durante siglo y medio de duro trabajo. ¿Y así es como me lo pagáis? ¿Callándoos la muerte de mi creador y reemplazándolo por una niñata recién llegada?

-Mariángeles, no te consentiré esa actitud. Voy a tener que pedirte que te marches de mi casa.

-Porque es lo único sobre lo que tienes un mínimo de poder, ¿no? -replicó ella-. No eres más que un títere de Remedios, Enrique, tú y el resto de la cúpula. Llevo décadas callándomelo por respeto a mi maestro, pero ya no tengo que aguantarme más. ¡Eres un títere, Enrique! Te engañas a ti mismo creyendo que tu cargo te aporta algo, ¡pero es mentira! Y sé que lo sabes.

Enrique extendió un brazo hacia la puerta del despacho.

-Fuera de mi casa ahora mismo, Mariángeles. No me hagas repetirlo. Por respeto al difunto Leandro no tomaré represalias por tu comportamiento de esta noche, pero fuera de aquí.

María de los Ángeles alzó el rostro con altanería.

-Quédate con tu casa, con tus ilusiones de poder y con todo lo demás, Enrique. No me hacen falta.

Sin una palabra más, María de los Ángeles le dio la espalda y se marchó.

No fue consciente de la agradable temperatura del interior de la casa hasta que volvió al frío de la callejuela. La brisa silbaba entre los balcones, eclipsada tan solo por el paso a cada rato de alguna avioneta militar. Aunque apenas había comenzado diciembre, el aire de la noche ya sugería un invierno tan próximo como inmisericorde. El frío sevillano no alcanzaba (ni por asomo) las temperaturas de otros puntos del país, pero, nacida y criada en la ciudad, a María de los Ángeles le bastaba.

No sabía dónde ir. De camino a visitar a Enrique había pasado junto a la casa baja en la que había vivido hasta la primavera de aquel mismo año y la había encontrado quemada, apenas una masa informe de color negro. Quizá los golpistas sabían de su relación con Leandro. Quizá se había encargado la propia cúpula. De un modo u otro, se había quedado sin hogar. Y sin contactos: todos los inmortales a los que habría podido pedir ayuda, dentro y fuera de Sevilla, pertenecían a la cúpula. Y se acercaba el amanecer.

Le quedaba una opción, el clásico para todo vampiro destituido o recién llegado a un lugar: el cementerio. Mucho tiempo atrás, como parte de sus primeras lecciones sobre la vida inmortal, Leandro le había enseñado cómo elegir la mejor tumba en la que esconderse para pasar el día. Quizá pudiera incluso saciar la sed con alguno de las víctimas que, según había oído, encontraban su final a manos de los golpistas: los hombres y mujeres, no siempre muertos, a veces aferrándose aún a la vida, arrojados a la nueva fosa común abierta en el cementerio. Sin mas opción, emprendió el camino.

El recorrido que en otros tiempos habría durado unos cuarenta minutos se demoró más de una hora. La presencia de soldados por cada rincón de la ciudad obligaba a María de los Ángeles a desviarse, callejear o esperar escondida hasta que se marcharan. Podría con uno o dos sin problemas, hasta tres, pero siempre se los topaba en mayor número o rodeados de demasiados civiles como para no llamar la atención. La sed no ayudaba. Para cuando alcanzó el cementerio quedaba menos de una hora antes del amanecer. Saltó el muro sin problemas.

El frío flotaba entre las tumbas con la misma intensidad que en el resto de la ciudad. Recorrió el mar de mármoles y piedra con la vista en busca de un refugio. Se le encogió el corazón al recordar las incursiones que había hecho con su maestro en aquel cementerio. La inauguración, casi un siglo atrás, les había parecido una revolución llena de potencial. Más tarde y por desgracia se había convertido en un nido de indeseables. Se hacían llamar "la hermandad". Existían desde quién sabía cuánto y navegaban la inmortalidad sin el menor respeto por las jerarquías y las instituciones que tanto veneraba la cúpula.

Un crujido cercano la puso en alerta.

-¿Quién va? -exclamó una voz a apenas unos metros-. ¡En nombre de la ley, identifíquese!

María de los Ángeles echó a caminar de forma tentativa en dirección a la voz. Una curiosidad casi suicida bullía en su pecho, quizá animada por la bestia de la sed. Al doblar un par de esquinas se lo encontró de frente: un muchacho, de apenas dieciocho años si no menos. El uniforme militar le quedaba grande y aferraba el fusil de forma extraña, como lo habría hecho con una azada. Con una pasada de mente María de los Ángeles rescató el recuerdo de una casa de paredes blancas, la suave aspereza de los burros, los tragos de agua fría que aliviaban los días de calor, la dureza de la tierra al cultivarla.

-¿Quién es usted? -la interpeló el soldado, aquel joven campesino arrancado de sus cultivos. Parecía aterrorizado. No lo culpaba-. ¿Qué hace aquí?

María de los Ángeles avanzó hacia él en completo silencio. La sed le subía del pecho a la garganta y le bajaba hasta la yema de los dedos. El muchacho apuntó el fusil hacia ella. Le temblaba el pulso.

-No avance un paso más, señorita -advirtió con tono poco imponente-. No quiero hacerle daño.

María de los Ángeles no pudo evitar una sonrisa divertida.

-Qué pena -bromeó. El miedo tensó la figura de su interlocutor-. Porque yo a ti sí.

Con un movimiento demasiado rápido como para que el muchacho pudiera percibirlo siquiera, María de los Ángeles lo atrajo hacia sí con ambas manos y le clavó los dientes en el cuello. La sangre brotó, abundante y cálida, y le inundó la boca con una sinfonía de recuerdos. Vio flores de azahar como estrellas diurnas, hogazas de pan oscuro entre las manos, el rubor de una muchacha desnuda sobre la tierra seca. María de los Ángeles saboreó cada recuerdo sin parar de beber. La vida de trabajo había fortalecido el corazón del muchacho, que impulsaba con vigor la sangre en dirección a los labios de su atacante. En algún momento, el fusil golpeó el suelo con un estrépito.

La sangre siguió fluyendo unos segundos después de que el corazón dejara de bombear. María de los Ángeles tragó hasta asegurarse de que no quedaba más sangre y después soltó a su presa. El cadáver del muchacho cayó flácido al suelo del cementerio, junto al fusil. María de los Ángeles volvió poco a poco a la realidad. Se encontraba mucho mejor. Bajó la vista al cadáver. Si su maestro hubiera estado allí le habría recomendado que disimulara la causa de la muerte con una navaja o un par de disparos del fusil. Pero ya no estaba. Ni volvería jamás.

Un aplauso animado a su espalda la asustó. Se giró y tensó todo el cuerpo. Un joven despeinado la observaba sentado sobre una lápida cercana. Sonreía.

-Buena táctica -habló. Tenía la voz clara y dulce, como un cantante-. Y me ha gustado el chiste.

-¿Quién eres? -exigió María de los Ángeles sin bajar la alerta.

-Por aquí me llaman Antón -se presentó. María de los Ángeles lo inspeccionó con la mirada. Bajo las ropas desgastadas y la infinidad de adornos baratos (una colección sin ton ni son de medallas religiosas, un rosario en torno a la muñeca a modo de pulsera, un pañuelo sucio atado al brazo), el tinte antinatural de la piel del joven lo delataba como vampiro-. Cosas de la hermandad.

María de los Ángeles enarcó una ceja. Aquel debía de ser uno de los "indeseables", como los llamaba la cúpula, que dormían durante el día en el cementerio. La cúpula contaba mil historias sobre los rituales que llevaban a cabo entre las tumbas y la irresponsabilidad destructiva que los impulsaba.

-Y yo a ti te conozco -continuó Antón-. Eres de la cúpula. Te he visto por la ciudad.

-Era de la cúpula -corrigió con gesto de dolor-. Pero eso no importa. Soy una intrusa que ha bebido sin permiso en territorio de la hermandad. -Extendió los brazos en cruz y levantó el mentón-.

Adelante, mátame. Me da igual.

Antón soltó una carcajada y bajó de un salto de la tumba.

-¿Por qué tendría que matarte? -cuestionó sin borrar la sonrisa. Dio un paso hacia María de los Ángeles. Ella dejó caer los brazos y el mentón-. Las tonterías territoriales son cosa de la cúpula. Nosotros solo matamos para defendernos, para beber... o por diversión. Tú no me estás atacando ni tengo sed. Y, la verdad, me pareces más interesante así como estás que como una montañita de ceniza.

María de los Ángeles alzó una ceja escéptica.

-De verdad -aseguró Antón-. Y ¿qué es eso de que "eras" de la cúpula? Pensaba que, antes de echar a nadie, preferían matarlo para no dejar cabos sueltos.

-Me he ido yo -explicó María de los Ángeles con más brusquedad de la que pretendía.

A Antón, sin embargo, pareció gustarle.

-Has hecho bien -alabó-. Yo también me marché. -Una chispa de curiosidad prendió en la mente de María de los Ángeles-. ¿Te han hablado de un tal Fernando, el "filósofo de la discordia"?

María de los Ángeles no pudo evitar un gesto de sorpresa.

-¿Tú...?

-Ese era el nombre con el que me conocían. -La sonrisa de Antón no había hecho sino ensancharse-. Siempre fui de cuestionarlo todo. Tras unos siglos trabajando para la cúpula empecé a cuestionar de forma pública sus propios cimientos: la jerarquía, la tradición, la endogamia. Me tacharon de idiota y de loco. Se rieron de mí. No querían cambiar. Y yo no aguantaba más. Así que me marché. Y encontré a la hermandad.

María de los Ángeles se mantuvo en silencio. Recordó las décadas mordiéndose la lengua por respeto a su maestro, la abrupta interrupción en la correspondencia, la discusión con Enrique...

y, por encima de todo, la traición. La sensación de haber sido traicionada por el único hogar que había encontrado en sus años de inmortalidad.

Antón ladeó la cabeza. Parecía concentrado.

-Está a punto de amanecer -informó. María de los Ángeles alzó la vista al cielo. Antón tenía razón-. Ven a dormir con nosotros. Vienes conmigo, así que nadie se atreverá a hacerte nada. -María de los Ángeles frunció el ceño con escepticismo-. No es por echarme flores, pero soy algo así como el hermano mayor. -Antón le tendió una mano-. Venga, vamos.

María de los Ángeles dudó. En un fogonazo, se le vino a la mente su primer encuentro con Leandro. Aquella sonrisa amable. Aquellas manos frías y duras, pero al mismo tiempo suaves como el terciopelo, de una manera que su mente mortal no alcanzaba a explicar. Cómo esa noche, aunque ella aún no supiera, cambiaría el resto de su existencia.

Tomó la mano de Antón. La frialdad de su propia piel supuso que no notara ningún contraste.

-Por cierto, ¿cómo te llamo? -preguntó Antón.

No “cómo te llamas”. Cómo “te llamo”. Una oferta. Una decisión. Una oportunidad para empezar de cero.

-Alicia.

-Encantado, Alicia.

Aferrada a aquella mano solícita como a la llave a un mundo nuevo, la muchacha echó a andar por entre las tumbas. Algo en su interior le decía que nada volvería a ser lo mismo.

## Justicia divina

El dios surgió del centro del gran círculo marcado en la tierra. En la oscuridad de la noche, casi podría haber confundido su silueta con la de un hombre de no ser por la cabeza de cabra. La cabeza y, cuando un rayo esquivo de luz de luna las iluminó por un instante, las pezuñas.

El dios abrió los ojos, dorados con pupilas horizontales, y los clavó en la creyente. Ella, arrodillada junto al círculo, le devolvió la mirada. La mera presencia del dios la apabullaba con una mezcla de emoción y terror que se esforzaba en ocultar.

El dios dio un paso hacia ella. Después otro. La creyente se mantuvo en silencio. Tan solo el crujido de la hierba bajo las duras pezuñas del dios rompía la calma del bosque.

El dios se detuvo delante de la creyente, tan cerca que casi se rozaban. Ella alzó los brazos en señal de ofrenda. La peluda cabeza de cabra, negra como la noche que los rodeaba, se inclinó con un gesto casi curioso, casi inocente. Tras unos instantes quieto, el dios recorrió con la vista a la humana. Acercándose aún más, la olisqueó. Los gruesos cuernos, lo bastante afilados para degollar a un hombre, le rozaron el cuello. La creyente mantuvo la compostura tan bien como pudo. Le temblaba el cuerpo entero.

La gran cabeza de cabra volvió a su posición inicial. La creyente lo interpretó como su oportunidad para hablar.

-Gran dios, -comenzó. Le temblaba hasta la voz- señor de la noche, gracias por acudir a la llamada de tu humilde servidora. Te necesito. Necesito tu ayuda. -El dios no reaccionó-. Ayúdame a hacer justicia, gran dios, a hacer pagar a...

Las palabras se le atascaron en la garganta y un maremoto de recuerdos le asaltó la mente. No. Otra vez no. Se le aceleró la respiración. Le faltaba el aire.

-Ayúdame a hacer justicia, gran dios -volvió a intentarlo-. Ayúdame a hacer pagar a quienes...

Las manos, los gritos, las risas. Los golpes. Las lágrimas. No. La creyente se obligó a volver al presente. Se le habían llenado los ojos de lágrimas. Debía terminar. Y lo haría.

Tomó aliento y clavó la vista en el dios.

-Ayúdame a hacer pagar a quienes me violaron.

El dios se mantuvo impasible un instante. Después, asintió con una inclinación de cabeza.

-Pagarán -habló por fin el dios con una voz inhumana, dura y tosca, pero al mismo tiempo sorprendentemente dulce.

La creyente esbozó su mejor intento de sonrisa al tiempo que las lágrimas empezaban a rodarle por las mejillas. Bajó los brazos. Casi no se los sentía. La respiración se le iba normalizando.

-Gracias, gran dios. Gracias. Dime qué quieres a cambio y te lo daré. Lo que sea.

El dios negó con la cabeza.

-No me debes nada.

La creyente aceptó con un gesto. El llanto le sacudía el pecho y le impedía hablar.

Un par de días después, dos hombres del pueblo amanecieron muertos, abiertos en canal en la plaza principal. Un tercer hombre apareció junto a ellos, cubierto de sangre y apenas consciente. Llevaba en la mano un cuchillo empapado en la sangre ya seca de los otros dos. Los jueces del pueblo lo declararon culpable sin dudarlo un segundo y lo ahorcaron antes de que atardeciera.

Aquella noche, por primera vez en mucho tiempo, la creyente durmió tranquila.

## Lo oculto

Aquella casa, como el barrio en sí mismo, había visto tiempos mejores. O quizá no: quizá habían surgido desvencijados y sucios, desde el principio tan pobres como sus habitantes. Daniela no pudo evitar acordarse de Enrique y sus eternas peroratas sobre historia socioeconómica. De haberla acompañado, no se habría callado en todo el trayecto. Le habría hablado de la Revolución Industrial, de la expansión geográfica de la ciudad o de alguna nueva estadística sobre renta media o salud mental o accidentes laborales. Habría cuestionado las relaciones de poder inherentes a aquella incursión. Daniela se alegraba de no haberlo traído. De todas formas, no tenía motivo para haberlo invitado a algo tan íntimo. La relación que mantenían apenas podría denominarse amistad. Se cruzaban en los pasillos, asentían con el resto del grupo cuando hablaban los superiores, coincidían en algún evento organizado por amigos en común. Nada más.

La bruja apoyó los codos sobre la mesa y dirigió a Daniela una mirada indescifrable. La muchacha irguió la espalda de forma instintiva. La densa nube de humo que inundaba la habitación hacía que le picara la nariz, pero se resistió a rascarse. Se preguntó cuánto de aquel humo se debía al quemador de incienso y cuánto a la montaña de colillas que acumulaba el cenicero más cercano.

-¿Eres consciente de lo que me estás pidiendo? -habló la bruja.

-Sí. Soy consciente.

La bruja frunció el ceño; Daniela no supo identificar si con desagrado, solemnidad o, simplemente, cansancio.

-Si luego te arrepientes, no me hago responsable -advirtió la bruja-. No cuentes conmigo para deshacer las consecuencias.

Daniela volvió a asentir.

La bruja suspiró. Parecía resignada.

-De acuerdo. Vamos a ello. Apoya las manos en la mesa -indicó-. Con las palmas hacia arriba.

Daniela obedeció.

***

El día siguiente empezó como cualquier otro. Despertó antes de que amaneciera. Fue al trabajo. Pasó la mañana entre informes y pacientes. Se cruzó con Enrique en un pasillo. Nada fuera de lo común.

Escuchó la voz mientras fregaba los platos del almuerzo.

Apenas la distinguió, pero algo en su interior la obligó a prestar atención. Como si supiera, sin darse cuenta siquiera, de qué se trataba. Soltó el plato que estaba lavando y aguzó el oído. Los restos de jabón se le espumaban en las manos. En algún lugar, una lavadora ronroneaba.

Un susurro recorrió la cocina. Daniela se mantuvo en silencio. El volumen del susurro creció, como las ondas sobre la tranquilidad de un lago, hasta eclipsar cualquier otro ruido presente. El susurro no formaba palabras, al menos ninguna que Daniela pudiera comprender, en ninguna lengua que comprendiera. Notó que se le había acelerado el pulso. Aquellos susurros incomprensibles parecían comunicar más de lo que pudiera cualquier palabra. Hablaban de vida y de muerte y de la existencia más allá de cualquiera de las dos; de un conocimiento inabarcable para la mente humana más brillante; de átomos y estrellas y la explicación física de aquello que los mortales llamaban “sobrenatural”.

Daniela cayó de rodillas sobre el duro suelo de azulejos de la cocina. El cuerpo le fallaba. La cabeza le daba vueltas. Las piernas no la sostenían. Un sudor frío le corría por cada centímetro de piel.

Y entonces empezó a arder. O eso le pareció.

Parecía que se incendiara cada célula de su cuerpo. El calor apenas tardó unos segundos en abrumarla. El susurro continuaba, esta vez en algún idioma desconocido, a pleno volumen en su oído, como si la criatura que las pronunciaba se cerniera sobre su hombro.

Estaba muriendo. De algún modo, lo sabía. Y no podía hacer nada para evitarlo.

Daniela cayó por completo al suelo hasta golpear los azulejos con la cabeza. Antes de perder el conocimiento, escuchó la primera y última palabra pronunciada por aquel susurro en un idioma que pudiera reconocer:

-Bienvenida.

## La alianza de la ciudad de la ciudad escondida

Antes de verla, la olió, como no podía ser de otro modo. Despedía un perfume inconfundible que destacaba por encima de la cacofonía aromática de la avenida: los transeúntes, los clientes que ocupaban las terrazas, la comida, el río, la cerveza. Por encima incluso de la sangre. Cuellos tensados al beber, muñecas desnudas sobre las mesas, los corazones a toda velocidad de los camareros. Adela se obligó a fijar la atención en su destino. Por mucho que bebiera, la sed nunca la abandonaba, pero aquella noche la ocupaban asuntos más importantes.

Para cuando llegó frente al local acordado, el olor a lobo había eclipsado por completo a los demás. Emilia esperaba apoyada contra una pared, con la vista pegada en el móvil que manejaba con ambas manos. A los ojos de los transeúntes debía de parecer tan humana como cualquiera de ellos. Quizás incluso Adela lo pareciera; pálida como si hubiera estado enferma, pero humana, al fin y al cabo. Apenas dos muchachas frente a un bar, un viernes por la noche. Una veinteañera más, del estilo de las decenas que ocupaban las terrazas, y una aparente motorista. No llamaban la atención más de lo que lo harían dos humanas.

-Siempre tan puntual -comentó Emilia. Levantó la mirada, de un tono ámbar apenas mortal, y se la clavó a Adela. Quedaba poco para la luna llena-. Vengo sola, como pactamos. Espero no tener que recordarte las reglas.

Adela se irguió. No se achantaría, menos aún delante de Emilia.

-Lo mismo digo. Firmé ese acuerdo doscientos años antes de que tú nacieras. ¿Entramos?

Emilia asintió. Sin más palabras, las dos entraron al local.

Varias decenas de mortales se apiñaban dentro del bar. Adela atisbó el olor de la sangre, las bebidas y un resquicio de productos de limpieza. Antes de que pudiera ojear a los humanos, Emilia señaló una mesa reservada y las dos tomaron asiento. Una camarera se acercó a retirar el cartel.

-¿Lo de siempre? -preguntó en voz alta y clara. Emilia asintió. La camarera se giró hacia Adela y bajó la voz-. ¿A positivo o negativo, señora?

-¿Alguna de vosotras ha tomado alcohol o drogas en las últimas doce horas?

-Ninguna, señora.

-A negativo.

-Enseguida, señora.

La camarera volvió en poco menos de diez minutos. Tras depositar en la mesa una infusión humeante (de acónito, según identificó el olfato de Adela) y una copa de lo que cualquier mortal hubiera confundido con vino, se marchó en silencio.

-¿Y bien? -comenzó Emilia, con la nariz arrugada y la mirada en algún punto de la barra-. ¿Qué dicen los... tuyos?

-El consenso es unirnos a vosotros. Algunos... de los míos aún muestran reticencia y otros se han desmarcado por completo del pacto.

-¿Desmarcado? -repitió Emilia. Sin girarse y con la vista aún perdida en la distancia, se acercó la taza a los labios y tomó un sorbo antes de continuar-: ¿En qué sentido?

-No se unirán a la alianza.

-¿Eso significa que irán en nuestra contra?

Adela se contuvo para no poner los ojos en blanco: a Emilia se le daba fatal ocultar su miedo. Esperaba que al menos el acónito cumpliera su función y calmara a la parte lobuna.

-No tiene por qué.

-¿Cuántos son?

Otro sorbo de acónito, más largo que el anterior. En una mesa al fondo del bar, un humano se echó a reír.

-Apenas un par de renegados.

-¿Cuánto es "un par"?

-Una docena, más o menos -explicó Adela con toda la calma que pudo. Bastaba con la impaciencia de Emilia; no necesitaba alterarse ella también-. No representan ninguna amenaza real. No en comparación con lo que se nos viene encima.

Emilia frunció el ceño y depositó la taza en la mesa con una delicadeza sorprendente, pero no la soltó. Al contrario, la mano de la loba se cerró con más fuerza en torno a la cerámica. Adela temió que la rompiera y llamara la atención de todo el bar.

-¿Y qué dicen los viejos?

Adela torció el gesto.

-"Ancianos", Emilia -corrigió-. Los llamamos "ancianos" y les mostramos respeto. -Su interlocutora lanzó un resoplido alto y claro pese al ruido de fondo de los mortales que las rodeaban-. Me estoy mostrando todo lo conciliadora que puedo y necesito que tú... ¿Quieres mirarme, por favor?

Emilia accedió sin mucho entusiasmo y le clavó la mirada. Casi de inmediato, subió la mano libre para cubrirse la nariz.

-¿Puedes beberte esa copa ya, por favor? -exigió, alterada-. No puedo ni verla.

Adela sonrió con malicia.

-¿Por qué? -Subió el volumen, de forma que los ocupantes de la mesa más próxima pudieran oírla sin dificultad, y continuó con tono de burla-: Tengo derecho a beber lo que quiera y cuando quiera.

-Deja de jugar conmigo -replicó en apenas un susurro, aun si cargado de furia. Tenía el cuerpo entero en tensión y había desviado la mirada-. Recuerda las reglas. Y bébete esa copa, por lo que más quieras.

Adela borró la sonrisa y se inclinó hacia su interlocutora. Al hacerlo, un suave rubor cubrió el rostro de Emilia. El olor a lobo se mezcló con el perfume dulzón de la sangre bajo la piel. Adela se mordió el labio inferior sin darse cuenta. Si hubiera tenido pulso, se le habría acelerado.

-Sabes lo que me pasará si me la bebo de un golpe -argumentó en un susurro confidente. Emilia volvió a clavarle aquellos ojos ámbar. Adela se apartó y señaló la copa-. Iré bebiendo mientras tú me pones al día, ¿de acuerdo?

Emilia asintió. Parecía más tranquila. La mano en torno a la taza se había relajado y el rubor había desaparecido.

-De acuerdo. ¿Qué han dicho los ancianos?

-Como ya te comenté, casi todos viven al margen del mundo, salvo para alimentarse. Y a veces ni eso. No he podido contactar con muchos. En general no podemos contar con ellos, pero tampoco nos estorbarán.

-¿Y con los que sí has podido?

-Los ancianos "activos", como nosotros los llamamos, han dado su visto bueno a la alianza.

Emilia dibujó una sonrisa socarrona.

-Por la cuenta que les trae...

-Saben que pueden salir mal parados si no nos unimos -parafraseó Adela-. Ahora cuéntame tú. ¿Qué han dicho los tuyos?

Antes de que su interlocutora pudiera empezar, Adela se acercó la copa, aún tibia, y tomó un sorbo. La sangre le empapó los labios. Cerró los ojos y por un instante todo desapareció: el local, Emilia, las persecuciones, la noche. Todo menos la sed. Quiso más y se visualizó deslizándose tras la barra, tomando por la cintura a la camarera que las había atendido y bebiendo de ella hasta desangrarla y dejarla caer al suelo, apenas una concha de lo que fuera. Se imaginó como en sus mejores tiempos: el pelo abundante y lustroso cayéndole en bucles por la espalda, la piel de porcelana teñida de un rosa pálido tras alimentarse, la boca roja y chorreante como una herida abierta, los cadáveres inmóviles a sus pies, los vivos indefensos entre sus brazos.

Para cuando tragó la sangre, todo había pasado. Nadie lo sabría nunca; ni la camarera cuya vitalidad le templaba la piel, ni la media centena de mortales cuyas vidas habría podido segar antes de que acabara la noche, ni siquiera Emilia, que se disponía a responder a su pregunta. Depositó la copa en la mesa y la tapó con la mano para que conservara mejor el calor.

-La gran manada está de acuerdo -informó Emilia-. No ha sido fácil, pero han aceptado las condiciones.

-¿Todas?

-Todas. Ya estamos gestionando los detalles de la primera... visita médica.

-¿Lo sabe la gran manada?

-No, tan solo el grupo alfa. ¿Y de los tuyos?

-Solamente el consejo.

-Bien. -Adela tomó un segundo trago. Emilia se inclinó hacia ella y el olor a lobo la envolvió por completo. Pero no le disgustó. Le recordaba a los perros que había conocido cuando era humana. Su familia había tenido varios-. ¿Crees que funcionará? Lo de que... -bajó el volumen- bebáis nuestra sangre.

Adela contempló su copa, de nuevo en la mesa y tapada con cuidado. Las mejillas se le habían calentado. En un par de tragos, casi parecería una humana más.

-Quizá -confesó-. Quiero creer que sí.

-Me dijiste que sabías de casos anteriores...

-Con los siglos he oído un puñado de historias de este tipo. No sé hasta qué punto eran reales.

-¿Y nunca has visto uno con tus propios ojos?

Adela aguardó un instante antes de contestar. Un grupo de humanos brindó con alegría a su espalda.

-Hay veces... en que he dudado de si estaba viendo a un anciano o a uno de estos casos. Seres con capacidades más allá de los límites de la especie, más allá...

-¿De lo conocido?

-Sí -admitió. Emilia bebió otro largo sorbo de acónito-. Se saben los efectos de la sangre de los pueblos del agua y del aire, pero no de la vuestra.

-¿Tú nunca lo has intentado?

-No.

Adela oyó que a su interlocutora se le aceleraba el pulso y adivinó la siguiente pregunta antes de que pudiera formularla.

-No lo voy a intentar si no es en un entorno controlado -aclaró.

Emilia se irguió, con el rostro contraído por la indignación.

-¡Dijimos que nada de...!

Por suerte, la airada protesta se había limitado a un susurro.

-No te he leído la mente -repuso, girándose para mirarla a los ojos. Emilia había clavado una mano en la mesa y parecía a punto de liberar las garras-. Se te ha acelerado el pulso y he supuesto cuál iba a ser tu pregunta. Nada más. Y vigila esa zarpa: nada de mostrarse, ¿recuerdas? Y nada de llamar la atención -subrayó. Emilia obedeció con un mohín-. Aprecio tu oferta y la acepto, pero en un entorno controlado y cuando tengamos idea de qué efectos secundarios puede tener. -Se permitió una risa socarrona y se acercó la copa a los labios-. Lo último que necesitamos los... -torció el gesto un instante- hijos de la noche ahora es quedarnos sin líder...

-Me hace gracia ese eufemismo -comentó Emilia mientras Adela bebía-. "Hijos de la noche".

-Y vosotros, “hijos de la luna”. Nunca me han gustado -admitió-. A estos extremos tenemos que llegar con tal de evitar a la agencia…

-¿Por qué vienen a por nosotros, precisamente ahora? -inquirió Emilia, acercándose a su interlocutora-. Y sabes que no solo hablo de los hijos de la noche y los de la luna. Me refiero al resto. La agencia patrulla el río en lancha noche sí noche también y atrapa a todos los hijos del agua que ve. Los hijos del aire están huyendo de la ciudad. Están desapareciendo espíritus. ¡Espíritus!

-“Hijos del alma”. Y baja la voz.

-Irene tenía seis años cuando murió en 1902 -continuó, aun si en voz más baja-. No es más que una niña y no entiende qué está pasando. No me atrevo a dejarla sola en casa. ¿Y si la agencia se la lleva? Hace un mes que se llevaron a don Antonio. Nunca había hecho daño a nadie, ni en vida ni en muerte.

-Tranquila…

-Entendería que nos atacaran a nosotros o a vosotros, pero ¿a ellos?

-¡Chist!

Emilia calló de golpe.

-La agencia no distingue culpables o inocentes -habló Adela con calma-. Distingue natural y sobrenatural. Los seres sobrenaturales somos, a sus ojos, inferiores: bestias, objetos de estudio, juguetes, plagas a exterminar. Ha cambiado de nombre y de aspecto muchas veces, pero no de pensamiento. La agencia se dedica a buscarnos. Nosotros nos dedicamos a escapar de ella.

-¿Y qué?

Adela enarcó una ceja.

-¿Cómo que “y qué”?

-¿Qué hacemos? -cuestionó Emilia.

-Lo que ya estamos haciendo: luchar.

Emilia sacudió la cabeza.

-No estamos luchando.

-Sí que estamos luchando -rebatió Adela, tajante-. Hay muchas formas de luchar. Borrar sus bases de datos, ocultarnos entre la masa natural, librarnos de cuantos agentes podamos. Todas y más. Ninguna vale ni importa menos que las demás.

Emilia mantuvo el gesto de escepticismo.

-No espero que estés de acuerdo conmigo -aclaró Adela-. Ni lo necesito. Si los hijos de la noche hemos de luchar solos, lo haremos.

-No vais a luchar solos -concedió Emilia con un suspiro a la vez que se reclinaba en su asiento-. La alianza se mantiene, al menos por nuestra parte. No sois los únicos que pueden salir perdiendo contra la agencia. ¿Cuántas... familias han aceptado ya el acuerdo?

-Los hijos de la magia, los hijos del agua, los hijos de la luna, los hijos del alma y los hijos de la noche.

-¿Y los hijos de la tierra de la provincia?

-Aún no se han pronunciado. Algunos esgrimen que esto es un problema urbano, que a ellos no les afectará. -Alzó su copa y la hizo girar. La sangre que quedaba, casi la mitad, se balanceó de un lado a otro. Agradecía a los mortales el descubrimiento de los anticoagulantes-. Idiotas. Los hijos del agua granadinos aún lamentan haber cometido ese error en el siglo XVI.

-Tú... te has enfrentado a la agencia antes.

Adela dedicó un vistazo a su interlocutora. No era una pregunta. Asintió.

-Lo sabes -le recordó-. Lo comenté hace rato.

-¿Por qué vienen ahora a por nosotros? -preguntó Emilia con tono angustiado-. ¿Por qué precisamente ahora?

Adela bebió otro sorbo de sangre antes de contestar.

-Hay varios factores. Siempre los hay. -Mantuvo la copa en alto. La luz artificial destellaba en el cristal. A veces, Adela se preguntaba si la luz artificial moderna se parecía al sol. Le enorgullecía ser lo bastante antigua para no recordar la luz del sol-. Podría quejarme de cómo nos hemos expuesto sin necesidad, de cómo la tecnología actual nos vuelve más localizables, del auge de las teorías conspiracionistas, del ansia humana por controlar y comprender el mundo al milímetro.

-¿Pero...?

-Pero la razón más poderosa siempre es el miedo. Los seres humanos le tienen miedo a lo diferente. Y cuando tienen mucho miedo, atacan. En este caso, a nosotros. -Devolvió la copa a la mesa-. Somos una cabeza de turco muy jugosa. Vuelcan en nosotros todo su miedo, transformado en violencia. Si lo hacen contra otros humanos, ¿cómo no iban a hacerlo contra nosotros?

Emilia no reaccionó.

-Te preocupas por esa hija del alma, Irene -prosiguió Adela-. No me parece ni bien ni mal; es tu vida. Pero, si quieres un consejo, no permitas que te desvíe en un momento como este. No subestimes a la agencia. Toda la actividad sobrenatural de la ciudad está en peligro. Tu manada está en peligro. Tus contactos humanos, si la agencia lo estima oportuno, están en peligro. -Ante el gesto de incredulidad de Emilia, explicó-: Han ido a por contactos humanos en el pasado, no me sorprendería que volvieran a hacerlo.

-¿Han llegado a... matar a humanos? -insistió en una voz tan baja como empañada de horror. Adela asintió con gravedad-. Pero... ¿eso no va en contra de sus principios? ¿No se supone que hacen todo esto por el bien del mundo humano?

-No le busques lógica a la violencia. Nunca la tiene. Lo sé porque la practico. -Emilia tragó saliva, visiblemente incómoda-. No te hagas ahora la sorprendida. Sabes lo que soy. Sabes lo hipócrita que resulta que me siente aquí y divague sobre el horror de la agencia, como si yo no cometiera horrores similares. Sabes lo que hay en mi copa.

-Pero... para sobrevivir...

-No le busques lógica -repitió-. Nunca la tiene. Los hijos de la luna tampoco os libráis. Ni los demás seres sobrenaturales, ni los propios humanos. Nadie.

-Pero no es lo mismo -replicó Emilia-. La agencia nos mata por ser lo que somos. Tú misma lo has dicho: no entienden de culpables ni inocentes. Luchamos no solo por nuestra supervivencia individual, sino también por la colectiva. Si tú cayeras, ¡quizá caerían todos los hijos de la noche de la ciudad!

-Caerían. Casi todos, al menos -aseguró Adela-. La agencia sabe usar la información. Por eso florece conforme avanza la tecnología.

-¿Y entonces...?

-No niego la amenaza que supone la agencia. Ni la irracionalidad que basa su suerte de cruzada. Pero tampoco nuestra propia irracionalidad. No caigas en su trampa, loba: jamás te veas por encima de ningún humano. No somos inferiores a ellos, ni tampoco superiores; simplemente, al menos en términos éticos, iguales.

Emilia se la quedó mirando. En su cara pecosa, Adela leía tanta confusión como miedo. Y algo más, algo que ocultaba peor con cada minuto de conversación. Adela sonrió. Aquella loba la divertía.

-No sé qué pensar de ti.

Adela lanzó una sonora carcajada.

-Me lo esperaba. -Extendió los colmillos y dedicó a su interlocutora una sonrisa lo bastante amplia como para que pudiera verlos-. Recuerda lo que soy. Y lo que eres. Recuerda tu edad y la mía. ¿Acaso te sorprendes? Repito que ni espero ni necesito que estés de acuerdo conmigo. -Alcanzó la copa y se la acercó a los labios-.

Somos muy diferentes.

-No tanto.

Adela sonrió por toda respuesta y apuró el contenido restante de la copa en un solo trago. Con la sangre aún en la lengua, se puso de pie.

-Me alegra saber que contamos con vosotros. -Se sacó la cartera de un bolsillo de la chaqueta y rebuscó hasta encontrar un billete y un papel doblado, los cuales depositó sobre la mesa-. Entiendo que nos veremos en la primera visita médica.

-¿Te vas ya? -Emilia se irguió en la silla; parecía dudar si quedarse sentada o ponerse de pie-. La reunión…

-Ha resultado muy… fructífera -valoró-. Gracias por tu tiempo.

-Pero…

Sin esperar siquiera a que terminara de hablar, Adela dio la espalda a su interlocutora y se encaminó hacia la salida. El intenso olor a lobo y el pulso acelerado a su espalda delataron que Emilia la seguía.

Antes de llegar a la puerta, giró y agarró a Emilia por la muñeca. Ella dio un respingo, pero no intentó liberarse. Adela sonrió. Por encima del hombro de Emilia, intercambió una mirada con las camareras para tranquilizarlas.

-La reunión ya ha acabado, loba. ¿O acaso quieres hablar de asuntos más… íntimos?

Emilia dibujó una sonrisa divertida que no engañó a su interlocutora.

-¿Yo? ¡No digas…!

-¿Lo que piensas?

El horror inundó el rostro de Emilia. Se revolvió hasta librarse del agarre de Adela, que no ofreció resistencia.

-¡Dijimos que nada de leer mentes! -farfulló.

-No lo he hecho. Me basta con cómo me miras. -Emilia se ruborizó y clavó la vista en el suelo. A su espalda, los mortales seguían con su alegre ajetreo sin prestarles la más mínima atención-. He vivido suficientes años para aprender a detectar las señales. Natural o sobrenatural, todos mostramos más o menos las mismas. -Adela deslizó una mano por la nuca de su interlocutora, que alzó la vista. Se miraron a los ojos-. ¿Puedo besarte?

Emilia se inclinó hacia delante y sus labios se unieron por un instante a los de Adela. Cuando se retiró, el rubor le teñía las mejillas de un tono carmesí intenso.

-Tienes... -comenzó con la mirada clavada en Adela- tienes los labios fríos.

Adela soltó una carcajada.

-Soy un cadáver -apuntó. Emilia sonrió-. Quizá no sea el mejor momento -continuó Adela con tono más serio-. Estamos en guerra contra la agencia. Pero quizá por eso sea el mejor momento posible.

-Quizá. -Emilia guardó silencio un momento-. ¿Quieres dar un paseo?

Adela asintió y le tendió una mano. Emilia la tomó. Sin más palabras, las dos salieron del bar.

La fresca brisa nocturna las recibió en la avenida. Adela se cerró la chaqueta negra de cuero y se permitió una sonrisa al notar que Emilia se le agarraba del brazo. El olor a lobo la rodeó. Echaron a andar a buen ritmo. Quedaba mucha noche por delante.

## Cordero de dios

Su padre nunca lo llevaba ni lo recogía del colegio. Casi cualquier tarea relacionada con Tobías y sus hermanos (Jacobo, el mayor, de doce años, y Sara, la pequeña, de cuatro) entraba en lo que su padre llamaba "cosas de mujeres".

Su padre tenía ideas tan abundantes como férreas sobre qué correspondía hacer a quién. Le gustaba exponerlas siempre que podía, con tono solemne y acompañadas por la tímida cordillera de piel que se le marcaba cuando fruncía el ceño. Tobías había aprendido pronto a guardar silencio cuando su padre fruncía el ceño. Aquellos ínfimos riscos, con su mera aparición, bastaban como advertencia.

Cuando lo vio a la salida del colegio, primero creyó que se había equivocado. Pero no. Con apenas un segundo vistazo desterró cualquier duda: la imponente figura de su padre esperaba a la sombra de un árbol frente a la puerta del colegio.

Tobías se le acercó con paso dubitativo. Al verlo, su padre torció la boca en un intento torpe de sonrisa que no pudo ocultar la incomodidad que le producía la situación, "ese mundo", como lo llamaba. Su padre salía poco, apenas de casa al trabajo y del trabajo a casa. "Ese mundo está podrido", solía decir. Tan solo la amenaza de los servicios sociales lo obligaba, aun si a regañadientes, a permitir que Jacobo y Tobías (y Sara, cuando llegara a la edad obligatoria por ley) acudieran al colegio. Sin embargo, desde el principio les había advertido que no debían hacer amigos. Los niños de "ese mundo", según decía, los corromperían y les llenarían la cabeza de mentiras. La inesperada muerte varios años antes de su único primo, Miguel, lo había dejado sin niños de su edad con los que jugar.

Tobías llegó junto a su padre.

-¿Papá? -habló, permitiéndose pronunciar la opción que le pareció más segura, la que con menor probabilidad causaría el alzamiento de aquellos temidos riscos. Deseó con todas sus fuerzas poder agarrarle la mano a Jacobo, como hacía siempre que se asustaba, pero hacía días que no lo acompañaba al colegio por culpa de una fuerte gripe.

-Hola, hijo. -El intento incómodo de sonrisa le tironeó con más fuerza de los labios. Con un movimiento de cabeza apuntó a algún lugar a su espalda. Tobías lo siguió con la mirada y atisbó el coche de la familia aparcado a apenas unos metros-. Sube al coche.

Tobías arqueó una ceja, extrañado. El colegio quedaba lo bastante cerca de su casa como para ir y volver andando.

-Sube -insistió su padre-. Tenemos que irnos.

-¿A casa?

-Luego te lo explico. -Una certeza tan informe como desagradable le atenazó el pecho al niño-. Sube.

Tobías obedeció.

No iban a casa. Tobías lo sabía antes siquiera de subir al coche, mucho antes de que el cambiante paisaje al otro lado de las ventanas se volviera cada vez menos urbano conforme salían de la ciudad. Tobías guardó silencio y contempló las tiendas y parques que daban paso primero a calles residenciales, después a polígonos industriales y por último a campo abierto. Cuanto más se alejaban de la ciudad, más disminuía el volumen del tráfico. El hambre que le rugía en la tripa le confirmó que había pasado la hora del almuerzo.

El coche paró junto a una carretera desierta en medio de la nada.

-Deja aquí la mochila y baja -ordenó su padre. Llevaba sin pronunciar palabra desde que subieron al coche.

Al oír a su padre, Tobías se dio cuenta de que llevaba todo el viaje con la mochila del colegio apretada contra el pecho. Le recordó a cómo Sara abrazaba su peluche favorito (un conejo enorme de color amarillo pastel, que había pasado de hermano en hermano con el paso de los años) cuando tenía miedo. La imaginó esperándolo en casa, sentada en el regazo de Jacobo mientras su madre fregaba los platos de la comida.

Tobías soltó la mochila y bajó del coche. A un lado quedaba la carretera como un río de alquitrán que se perdía en la distancia. Al otro, una extensión sin fin de campo: tierra arenosa de color mostaza, arbustos oscuros del tamaño de un adulto, algún que otro árbol raquítico salpicado de flores blancas como gotas de sudor bajo el sol primaveral. En sus nueve años de vida, Tobías había aprendido pronto a obedecer a su padre, sin importar el miedo o el desacuerdo que lo royeran por dentro. Aún recordaba los moratones que le cubrieron el torso durante días la última vez que su padre creyó, siquiera, que le había desobedecido.

Su padre salió del coche y lo cerró con llave. Tobías no pudo evitar fijarse en que llevaba una bolsa en una mano, una bolsa que no había visto hasta ese momento.

-¿Dónde estamos? -se atrevió a preguntar Tobías.

-Eso no importa. -Su padre apuntó hacia delante con la cabeza-. Ven. Sígueme.

Su padre echó a andar campo a través. Tobías lo siguió. Conforme caminaban, una forma se dibujó frente a ellos en el horizonte, más definida a cada a paso, hasta que el niño pudo identificarla: un monte coronado por una espesa arboleda.

-¿Es allí a donde vamos, papá? -aventuró señalando hacia delante.

Su padre asintió sin despegar la vista del frente.

-¿Por qué, papá?

-Para estar más cerca de dios.

Su padre hablaba mucho de dios. Decía que los había elegido, aunque Tobías nunca entendía por qué ni para qué. Cada noche, después de cenar, su padre les contaba alguna historia sobre dios. Todas terminaban con una enseñanza: que todo ocurría porque dios quería, que algunos pensamientos no le gustaban a dios, que quienes desobedecían a dios sufrían.

-¿Por qué quieres estar más cerca de dios?

-Para que reciba una muestra de mi fe.

-¿Una muestra de tu fe? -repitió Tobías, extrañado. Habían llegado a las faldas del monte.

-Hoy dios me ha hablado -explicó su padre-. Me ha iluminado. Me ha hecho darme cuenta de que no he sido un buen servidor, de que le he fallado. He cometido muchos errores. ¡Qué vergüenza! -Conforme subían por la ladera, la respiración se le volvía más áspera y entrecortada-. Pero dios, en su misericordia, me ha dado una segunda oportunidad. Me ha mostrado el camino a seguir para redimirme, para demostrarle mi adoración, para que vuelva a confiar en mí. Le basta con una muestra de mi fe. Y tú me vas a ayudar.

A Tobías se le aceleró el pulso de la emoción. Su padre siempre evitaba pedir ayuda porque decía que los hombres debían mostrarse fuertes e independientes. Tobías aún recordaba el día en que, hacía apenas unos meses, había vuelto del trabajo cojeando. Según les explicó, había tropezado con un losa suelta y había caído al suelo. El dolor le coloreó el rostro a cada paso durante dos semanas. No solo se negó a ir al hospital, sino que se jactaba siempre que salía el tema de no haber tomado ninguna medicina para el dolor. Que su padre quisiera que lo ayudara con aquella "muestra de fe" significaba más de lo que Tobías sabía explicar con palabras.

Alcanzaron la arboleda en cuestión de minutos. Tobías contempló admirado su alrededor: los destellos de luz que se abrían paso a través de la masa de vegetación, la variedad inabarcable de tonos de verde y marrón, el suave rumor del viento contra las hojas. La ilusión por ayudar a su padre había apartado de su mente todo rastro de hambre, incertidumbre y miedo.

-Hemos llegado -anunció su padre al alcanzar un punto concreto de la arboleda. Tobías se dio cuenta de que ya no caminaban en pendiente. Su padre depositó la bolsa en el suelo; al apoyarla, produjo un golpe seco y Tobías creyó distinguir un destello metálico-. Ven.

Tobías acudió junto a su padre con una sonrisa.

-¿Cómo te ayudo, papá?

Su padre se agachó y apoyó una mano en los diminutos hombros del niño. Tobías lo miró a los ojos. Parecía más serio de lo que lo había visto en mucho tiempo.

-Tienes que hacer todo lo que yo te diga. Es muy importante -explicó. Tobías asintió con la cabeza y sonrió. No cabía en sí de alegría por poder ayudar a su padre en una tarea tan importante-. Con tu ayuda le haré a dios una ofrenda tan magnífica como no le he hecho en toda mi vida.

Tobías volvió a asentir. Sin soltarlo, su padre usó la mano libre para rebuscar en la bolsa que había traído.

-Me portaré muy bien, papá, te lo prometo. ¿Qué ofrenda le vamos a hacer?

Su padre sacó una cuerda de la bolsa.

-Extiende los brazos -ordenó. Tobías obedeció. Su padre le pasó la cuerda por las muñecas-. ¿Recuerdas la historia que os conté hace unos días, la noche que Sara se quedó dormida con ese conejo de peluche agarrado?

-¿La del padre de naciones?

-Exacto. ¿Qué pasaba en la historia?

La presión de la cuerda contra la piel aumentaba con cada vuelta.

-Dios le dijo que se marchara del sitio en el que vivía.

-Más adelante.

-El rey quiso casarse con...

-Más adelante. -Una pizca de impaciencia le bailó en la voz-. ¿Por qué lo llamamos padre de naciones?

-Porque dios se lo prometió, le prometió descendencia.

Su padre asintió a la vez que anudaba la cuerda con fuerza.

-¿Y qué pasó después?

-Que tuvo un hijo.

-¿Y qué pasó después? ¿Qué le pidió dios?

-Dios le pidió que...

Un escalofrío le recorrió la espalda a Tobías. Recordó la emoción con que había escuchado aquella historia tantas veces, siempre consciente de cómo terminaba, de que terminaba bien, pese al miedo y la intriga. Recordaba preguntarse qué habrían sentido el padre de naciones y su hijo en los momentos de mayor tensión.

Ahora lo sabía.

-No. No, papá, no..

Intentó dar un paso atrás, pero su padre tiró del cabo que aún sostenía de la cuerda con la que le había atado las muñecas. Tobías tropezó y cayó al suelo. Intentó levantarse, pero otro tirón de la cuerda se lo impidió. Los ojos se le llenaron de lágrimas de terror.

-Has prometido portarte bien -le recordó su padre. La diminuta y tan familiar cordillera se le había alzado en la frente.

-Papá, por favor...

-¿Qué ocurrió después en la historia, Tobías? ¿Qué le pidió dios al padre de naciones?

Tobías se echó a llorar. Sin soltar la cuerda, su padre se agachó y rebuscó en la bolsa.

-Dios pidió al padre de naciones una muestra de su fe, ¿verdad, Tobías? Y el padre de naciones obedeció. Porque el padre de naciones amaba a dios.

Tobias gritó horrorizado cuando vio a su padre sacar un cuchillo de la bolsa.

-No te estás portando bien, Tobías -le recriminó su padre con voz tranquila. Tobías intentó alejarse. Un fuerte tirón de cuerda lo lanzó a los pies de su padre. La suela de un zapato se le apoyó en la sien y le empujó la cabeza contra el suelo. Tobías chilló de dolor-. Estás decepcionando a dios.

Tobías se revolvió bajo el pie de su padre intentando escapar. Por primera vez en su vida no le importaba portarse bien ni agradar a dios ni a nadie. Una infinidad de diminutas piedras se le clavaban en el cuerpo con cada movimiento, pero no paró; el terror que lo inundaba había eliminado cualquier posibilidad de pensamiento racional.

-Esperaba más de ti -continuó su padre-. Hago esto porque te quiero. Tú eres mi mejor creación, el mejor de tus hermanos. Si incluso tú te comportas así... entonces he fallado más de lo que creía. Espero que dios sepa perdonarte.

El pie que le presionaba la sien le propinó una patada que lo hizo rodar hasta quedar boca arriba. El dolor lo cegó un instante. Cuando se le aclaró la vista, Tobías distinguió a su padre cerniéndose sobre él cuchillo en mano. Su padre lo miraba con gesto tranquilo, con apenas un destello de decepción en los ojos; aquellos ojos de color avellana tan parecidos a los del propio Tobías.

-Papá... -musitó. La patada, o quizá la presión en la sien, le había llenado la boca de sangre. Las lágrimas le caían en regueros por las mejillas y se mezclaban con la tierra que le manchaba el rostro.

-Dios, por favor, -entonó su padre con calma sin apartar la vista de Tobías- acepta esta muestra de mi fe.

Tobías pensó en su hermana, su hermano, su madre. En el conejo de peluche de color amarillo pastel.

Vio el cuchillo bajar a toda velocidad.

Y luego, nada.

## El fin del principio

Nadia apuró el vaso de un trago y dejó caer hacia atrás la cabeza. Su propio pulso le repiqueteaba en los oídos. Bum, bum, bum. La sangre parecía bailar al ritmo de la música de fondo, o quizá de la masa ensordecedora de voces. Sonrió. Le gustaba.

Inclinó la cabeza aún más, hasta que la coronilla abandonó el sofá, y escrutó el humo que flotaba en la habitación. Parecía que media ciudad y parte de los alrededores habían acudido a la fiesta. Esperaba no coincidir con ese cobardica de Mateo, no después de que dejara de pasarle mercancía. No se responsabilizaba de lo que haría si volvía a verlo.

La mirada de Nadia se cruzó con un par de ojos que le resultó familiar. La cara a la que pertenecían aquellos ojos sonrió y ella le devolvió la sonrisa. Un nombre y una identidad surgieron del pegajoso pantano en que se había convertido su mente como efecto secundario de la combinación de alcohol y drogas: Lucas, el anfitrión. Vio que le hacía un gesto y echaba a andar hacia ella. Nadia se enderezó.

Lucas llegó al sofá acompañado de un puñado de figuras que Nadia no reconoció.

-¡Hola, Nadia! -la saludó Lucas. Nadia agitó una mano sin levantarse del sofá-. Qué bien que hayas podido venir a la fiesta. Os presento. -Giró el rostro hacia sus acompañantes-. Nadia, estos son Rober, Nuria y Feli.

-Encantada. -Nadia apuntó con el rostro hacia la chica de pelo largo que Lucas le había presentado como Nuria-. Me gusta tu colgante.

-Gracias -Nuria se llevó una mano al cristal blanquecino que le colgaba contra la clavícula-. Me alegro de haberlo traído. Este piso está lleno de energía.

Lucas puso los ojos en blanco.

-Nuri, no empieces.

-¿Energía? -repitió Nadia inclinándose hacia delante. El éxtasis siempre hacía que todo le pareciera interesante-. ¿A qué te refieres?

-En este piso hay una entidad, o incluso más de una -explicó con tono serio-. Seres pertenecientes a otros planos.

-¿Espíritus? -aventuró Nadia, curiosa.

Nuria se encogió de hombros.

-Quizá. O quizá otro tipo de entidad. -Se llevó una mano al colgante-. Siento su energía. Es tímida... pero fuerte.

-Hablando de cosas fuertes, -intervino Lucas. Nuria le dirigió una mirada molesta- ¿habéis probado esta preciosidad?

Lucas se sacó de un bolsillo una pequeña bolsa de plástico, apenas del tamaño de la palma de su mano, llena de un caos vegetal de color verde oscuro.

-La cultiva un contacto -informó. La cara se le había iluminado como a un niño en el día de su cumpleaños-. Me la ha traído hoy. ¿Queréis?

Nadia sonrió, entusiasmada.

-Sí, vale.

Lucas tomó asiento en el sofá, junto a Nadia. Sus acompañantes, incluida Nuria, lo imitaron. Pronto Nadia se encontró charlando con todos ellos mientras pasaban un porro de mano en mano y de boca en boca. El humo le calentaba el pecho a Nadia con cada calada. Cuando quedó claro que habían aprovechado hasta la última bocanada, Feli ofreció su propia bolsa de hierba. En cuestión de minutos compartían un segundo porro.

En algún momento, una suave presión en el vientre recordó a Nadia que seguía habitando aquel conjunto de carne y nervios. En ese momento se dio cuenta también del sudor que le empapaba la espalda de la camiseta. Le iría bien un poco de agua.

-Voy al baño -habló-. Ahora vuelvo.

Lucas asintió. Los demás parecían demasiado drogados para reaccionar más que con una sonrisa. Nadia se puso en pie con torpeza y echó a andar.

Tuvo la suerte de encontrar el baño vacío. Cerró la puerta tras de sí como pudo, sin saber si lo había hecho bien. Se notaba casi flotar.

Apoyó ambas manos en el lavabo. Al levantar la mirada, tan solo el atontamiento causado por la marihuana evitó que gritara de miedo. Por primera vez en varias horas contemplaba su propio reflejo: apretaba la mandíbula como si mordiera la carne más dura del planeta, sus ojos se habían convertido en dos botones negros flotando en cuencos de color rojizo y el sudor le cubría cada centímetro visible de piel. Le recordó a aquellos carteles y anuncios contra la droga, o a una película de terror. No sabía cuál le parecía peor.

Abrió el grifo y se echó agua en la cara. Le temblaba el pulso. Al cerrar el grifo se dio cuenta de que apenas sentía las manos, como si las llevara cubiertas por unos gruesos guantes de lana. Estaba empezando a asustarse.

Las rodillas le fallaron, como si se le quedaran dormidas, y Nadia cayó al suelo alicatado del baño. No le dolió. Intentó levantarse, pero las piernas no la sostenían. Se arrastró hasta apoyar la espalda contra una pared. Intentó gritar, pero apenas consiguió gemir en un hilo de voz, demasiado débil como para que nadie la oyera entre el ruido de la fiesta. Se echó a llorar sin poder evitarlo.

-Eh.

Nadia alzó la vista al oír aquella voz. Una muchacha de su edad la observaba arrodillada sobre el suelo del baño, a apenas un palmo de distancia. El corazón de Nadia dio un vuelco de pura alegría.

-¿Estás bien? -preguntó la muchacha.

Nadia sacudió la cabeza con fuerza.

-¿Cómo te llamas? -continuó la muchacha.

-Nadia -contestó entre lágrimas, con una facilidad que la sorprendió. La tensión en la mandíbula había desaparecido-. ¿Y tú?

-Yo soy Inma. -Nadia se fijó en que la muchacha iba vestida con una especie de camisón. Quizás era compañera de piso de Lucas-. ¿Qué te ha pasado, Nadia?

-Algo me ha sentado mal -explicó con la mirada clavada en Inma, su única tabla de salvación-. El éxtasis, quizá. O la maría. No lo sé. Tengo miedo.

El gesto de Inma se enterneció.

-No tienes que tener miedo.

-No quiero acabar en el hospital y que me obliguen a pasar el mono.

-No vas a pasar el mono -aseguró Inma con un rastro de tristeza-. Todo irá bien. Relájate. Respira hondo.

Nadia obedeció. Al soltar el aire se dio cuenta de que había dejado de llorar. Se secó las mejillas.

-¿Cómo te encuentras? -preguntó Inma.

-Mejor.

Inma le tendió las manos.

-Ven, levántate.

Con la ayuda de Inma, Nadia se puso en pie. Las piernas volvían a sostenerla. Se encontraba mucho mejor que cuando había entrado al baño. Ya no le temblaba el pulso ni sudaba.

-Muchas gracias.

-No hay de qué. Entiendo que una sobredosis no es fácil para nadie.

Nadia se acercó al espejo para adecentarse; no quería volver a la fiesta pareciendo un monstruo de serie B.

No se vio.

Dio un paso a un lado, después al otro. Nada. El espejo tan solo reflejaba la pared opuesta.

Alarmada, Nadia se giró hacia Inma. Y entonces lo vio. O, mejor dicho, se vio.

La propia Nadia yacía sobre el suelo alicatado del baño con los ojos vidriosos y la mandíbula descolgada.

Nadia se aferró al lavabo. Volvía a temblar de pies a cabeza. Sin saber qué hacer, clavó la mirada en Inma y apuntó con un dedo acusatorio a aquella visión de sí misma sobre el suelo.

-¿Qué es eso? -inquirió, aterrorizada-. ¿Qué está pasando?

Inma echó un vistazo al suelo y pareció darse cuenta de algo. Cuando levantó la mirada, una mezcla de pena y compasión le coloreaba el rostro.

-Lo siento, Nadia, pensaba que lo sabías...

-¿Qué está pasando? -insistió Nadia, casi en un grito.

-Nadia, siento mucho tener que decírtelo. Te ha dado una sobredosis. Estás muerta.

Nadia se llevó las manos a las sienes. Aquello no podía estar pasando.

-Pero, ¿y tú? -Dirigió la mirada a Inma-. ¿Cómo estoy hablando contigo? ¿Qué se supone que eres, la parca?

Inma sacudió la cabeza con suavidad.

-Yo también estoy muerta. Morí en este mismo piso, por una sobredosis, en 1985.

Nadia sacudió la cabeza. Nada de aquello podía estar pasando.

Salió corriendo del baño.

El salón seguía tan lleno de gente y humo como antes. Nadia

atisbó a Lucas y los demás aún en el sofá. Echó a andar hacia ellos, dispuesta a abrirse paso entre la masa de gente.

Al intentar pasar junto a la primera persona, la atravesó.

La persona atravesada, una muchacha de pelo corto, dio un respingo. El muchacho que bebía junto a ella la miró extrañado.

-¿Qué te pasa?

-No sé, me ha dado como un escalofrío...

El terror le corrió por la espalda a Nadia.

-¡No! -gritó, desesperada-. ¡He sido yo! ¡He pasado junto a ti! ¡Soy yo! -Ni la muchacha de pelo corto ni el muchacho que bebía dieron señales de oír ni ver a Nadia-. ¡No me ignoréis! -La muchacha y el muchacho volvieron a su conversación-. ¡Hacedme caso!

Nadia dirigió una mano al hombro de la muchacha de pelo corto, dispuesta a sacudirla hasta que respondiera. En vez de agarrarla, la atravesó, como si no fuera más que aire. La muchacha dio otro respingo.

-¿Otro escalofrío? -aventuró el muchacho.

La muchacha de pelo corto asintió.

-Vamos a otro sitio, quizá aquí haya corriente.

Nadia retrocedió. Había vuelto a echarse a llorar. Aquello no podía estar pasando. Apoyó la espalda contra una pared y lloró a pleno pulmón. Nadie daba señales de oírla ni verla.

En algún momento, Inma llegó junto a ella.

-Siento mucho que hayas muerto -habló Inma con tono tranquilo-. Que ocurra así, de forma tan inesperada, no es agradable para nadie.

Nadia dejó de llorar poco a poco.

-Nadie me ve. Ni me oye.

-Es lo normal.

-¿Voy a tener que quedarme aquí, en este piso? -preguntó Nadia sin apartar la vista de la masa de gente-. ¿Como en las películas?

Inma dejó escapar una risa tímida.

-No. Las películas tienen poco que ver con la realidad.

Nadia dirigió la mirada a su interlocutora.

-¿Y cómo es la realidad?

Inma, que había estado observando la fiesta, miró a Nadia y sonrió con dulzura.

Le tendió una mano. Nadia la tomó.

## La reina de los alisos

10 ene, 9:26 pm

Querida Gina:

Me alegro mucho de que seas tan feliz. Recuerdo cuando recetabas caramelos a tus peluches y pegabas tiritas en tus muñecos, y ahora lideras un equipo médico en pleno Amazonas. ¡Cómo pasa el tiempo! Te echaré de menos estos meses, por supuesto, pero me importa más tu felicidad.

Ayer llegué a Buio. Al principio no supe qué sentir. Las casitas de postal, el bosque, los columpios en los que jugábamos… todo sigue en su mismo lugar. Pero han cambiado. No sabría cómo explicarlo. El frío de las montañas se me cala en los huesos. Hace tantos años que no vengo que no recordaba lo desagradable que puede resultar. Piero, el amable señor que nos saludaba al pasar cuando éramos niñas, murió el mes pasado. ¡Cómo me dolió saberlo, Gina! Muchas familias se han mudado a lo largo de los años a ciudades como Savona o Turín. Nuestra compañera de juegos Valentina, la hija del antiguo alcalde, se marchó de Buio hace unos diez años para estudiar y ahora trabaja en una agencia de arquitectura en Nápoles. El pueblo se ha quedado medio vacío.

Mamá se encuentra animada. Se cansa con mucha facilidad y a veces necesita morfina para el dolor, pero por lo demás sigue siendo la dulce y fuerte Giorgia de siempre. En el mismo instante en que la vi supe que he hecho bien en venir al pueblo a pasar con ella sus últimos días, por mucho que ella insistiera en que no hacía falta. Los médicos dicen que no llegará al verano. Ella parece haberlo aceptado. Sea cuando sea, mañana o dentro de un mes, no me perdonaría no estar con ella cuando llegue el final. Mis jefes no me pusieron pegas en teletrabajar desde aquí. La conexión a internet va lenta, pero me basta. Pasar una temporada en el pueblo me ayudará también a olvidarme de mis problemas urbanitas.

Cuando visites el pueblo más cercano y veas este mensaje, contesta y cuéntame más sobre tu proyecto, la gente, la selva... ¡todo! Me entusiasma pensar que estás tan lejos, haciendo tu sueño realidad.

Te quiere,

Chiara

25 ene, 9:43 pm

Queridísima Gina:

Me alegro mucho de que te estés adaptando tan rápido. No sé si yo sería capaz. Todo parece muy distinto a lo que tú y yo hemos vivido aquí en Italia: el clima, la comida, las casas, las costumbres. Ojalá podáis empezar la campaña de vacunación lo antes posible. Me horroriza pensar que en el mundo aún queda gente sin acceso a las vacunas más básicas. Las personas como tú me hacen creer en la humanidad.

También queda esperanza para el pueblo, según he descubierto en estas semanas. En Buio vive casi una veintena de niños, que van a clase al pueblo de al lado; un minibús los recoge cada mañana y los trae de vuelta por la tarde. Henrietta, la vecina de la casa más cercana (a unos cinco minutos de paseo), me ha contado que cada verano aparece una buena cantidad de turistas que huyen de las grandes ciudades. Además, hace cuestión de tres o cuatro meses, un muchacho de nuestra edad se instaló en una casa a las afueras, en la otra punta del pueblo. Al parecer se trata de un escritor que buscaba tranquilidad y un entorno que lo inspirara. Se pasa el día encerrado en su casa, escribiendo, y no sale hasta primera hora la noche. Lo he visto ya un par de veces. Tiene el pelo de color cobre y aspecto enfermizo. Parece que comparte la alergia generalizada de este pueblo por los médicos porque, según cuentan los vecinos, aún no se ha acercado al centro de salud ni una sola vez. ¿Un artista ermitaño con salud de roble? No me sorprendería. La abuela siempre decía que el aire de los Alpes basta para mantener sana a la gente. ¡Que ironía que tú te dediques a la medicina!

Mamá se encuentra bien, dentro de lo posible. Esta semana apenas ha necesitado un par de dosis de morfina. Lee mucho y de todo: libros, revistas, cartas antiguas. Salimos a pasear al menos una vez al día. La llevo bien agarrada del brazo para que no se caiga, porque a veces le tiemblan las piernas. Pese a todo, insiste en encargarse de la casa: cocinar, fregar, limpiar, planchar... Tras muchas (¡muchas!) quejas he conseguido que nos turnemos. Dice que no puedo retrasarme con mi trabajo, que las cuentas de la empresa no se van a hacer solas, que demuestre lo que valgo. ¡No ha cambiado ni un ápice!

Poco a poco he creado mi propia rutina. Me sigo levantando a la misma hora de siempre, sobre las seis. Después de desayunar y preparar café para el día, conecto mi portátil y empiezo a trabajar. He escogido la cocina como despacho, para que mamá pueda usar el salón a sus anchas y me tenga siempre cerca. Por las tardes salimos juntas a pasear y, una vez a la semana, a hacer la compra. El panadero, Andrea, nos deja una bolsa de pan fresco cada mañana en la puerta. ¡La primera mañana, admito que me pilló de sorpresa! Llevo tantos años viviendo en grandes ciudades que no recordaba estos pequeños detalles de la vida en los pueblos. Los primeros días también se me hacía raro que tanta gente me saludara al cruzarnos por la calle. Algunas personas mayores al principio no me reconocían, así que me paraban para preguntarme quién era. Bastaba que mencionara a Carlo y Chiara para que hicieran la conexión.

Aun con la enfermedad de mamá, la vida aquí en Buio me está gustando. La conexión a internet falla a veces y no hay muchos sitios que visitar, pero también se vive con mucho menos estrés que en Roma.

Me muero de ganas de leer tu próximo correo, de saber qué tal te adaptas y qué tal avanzan los proyectos. Te quiero mucho, hermana, y me siento muy orgullosa de ti.

¡Un beso enorme!

20 feb, 9:02 pm

Hola, Gina:

Llevo varias semanas sin saber nada de ti. ¿Estás bien? Supongo que andarás ocupada. De todas formas, te pongo al día. Me gusta escribirte. Me sirve para ordenar la mente y para sentirme menos sola.

Mamá lleva unos diez días sin necesitar morfina, pero se encuentra más débil. No tiene fuerzas para salir a pasear, ni casi para andar por la casa. Pasa gran parte del día en el sofá, sentada o recostada. Sigue leyendo mucho. También hemos visto juntas unas cuantas películas. Doy gracias de poder compartir estos momentos con ella, de encontrar siempre una excusa para hacerle compañía. A veces la veo quedarse mirando a la nada y sonreír y eso me derrite el corazón.

En cuanto han dejado de verla pasear, algunos vecinos han venido a visitarla. Casi todos traen algo de comida; lo agradezco, porque entre el trabajo y mamá casi no me queda tiempo para cocinar. Ayer Henrietta nos trajo una olla enorme de minestrone. Mamá se retiró a su cuarto con la excusa de que no se encontraba bien; a mí me bastó con mirarla para saber que no le apetecía quedarse a hablar. Yo, en cambio, pasé un rato muy agradable charlando con Henrietta.

Esta tarde me acerqué a devolverle la olla y le vi mala cara, como si hubiera pasado mala noche. Me dijo que había dormido bien, pero que aun así se sentía un poco cansada, que quizá estuviera incubando una gripe. Espero que sea solo eso. Al parecer, este año la gripe está afectando bastante al pueblo. Andrea, el panadero, lleva un par de días encerrado en su casa; la panadería la está llevando su hija Francesca.

Por una parte, me alegro de que mamá no salga a pasear, porque no quiero que se contagie. El tratamiento le destrozó las defensas y no quiero que sufra más en el tiempo que le queda. Yo también limitaré el contacto con los vecinos al mínimo, para evitar cualquier infección que pueda contagiarle a mamá. Hasta ahora, los fines de semana solíamos salir a tomar café en el bar del pueblo.

Por el bien de mamá, tendremos que dejarlo.

Al menos podré hablar contigo, aun si por escrito y a través del ordenador. Cuéntame qué tal te va, todo lo que se te ocurra. Te echo de menos.

Te quiere mucho,

Chiara

24 feb, 9:50 pm

¡Hola otra vez, Gina!

¡Qué bien que ya hayáis podido empezar las vacunaciones! No me sorprende que hayas estado tan ocupada, sobre todo a la hora de negociar con los líderes de los distintos pueblos de la zona. El esfuerzo y el entusiasmo que le pones a tu trabajo no tienen precio. El mundo necesita a más gente como tú. Me alegro mucho de que, a pesar del cansancio, te sientas satisfecha y puedas disfrutar de algunos momentos para ti.

Mamá vuelve a pasear por la casa, siempre con una mano apoyada en la pared o en los muebles para no caerse. Lleva desde principios de febrero sin necesitar la morfina. A veces me quiere parecer que se está recuperando, que aún puede entrar en remisión. Sé que me equivoco. Supongo que me sigue doliendo la idea de perderla.

Henrietta se encuentra peor. Hace unos días dejé de verla salir a pasear. Esta tarde la he llamado por teléfono y me ha explicado que se pasa casi todo el día en la cama. Cree que ha pillado la gripe. El panadero también sigue enfermo. Francesca tiene mala cara y no me extraña: se le suman la preocupación por su padre y el trabajo de la panadería. Se acerca a traerme el pan a primera hora cada mañana, dentro de la rutina de reparto, y siempre nos saludamos. No nos da tiempo a mucho más, pero agradezco de corazón ese tipo de momentos.

Estoy saliendo menos de casa por miedo a contagiar a mamá. Apenas me doy un paseo a última hora de la tarde y salgo a hacer la compra una vez a la semana. En mis paseos he visto varias veces al escritor. Tiene mejor aspecto, menos demacrado. Hasta ahora no me ha saludado; parece que él, como yo, también está más acostumbrado a la vida urbana.

Gracias de corazón por sacar un rato siempre que puedes para escribirme. Y perdona si alguna vez resulto pesada.

Un abrazo enorme.

4 mar, 9:45 pm

Hola, Gina, maravilla:

Gracias por mostrarte tan comprensiva. No podría haber pedido una gemela mejor. Me alegro mucho de que las vacunaciones avancen tan bien. Admito que jamás se me hubiera ocurrido que pudiera costar tanto trabajo vacunar a una población tan pequeña en cifras absolutas. Mucho ánimo, cariño. Estás haciendo mucho bien a este mundo.

Hace dos días murió Andrea, el panadero; ayer lo enterraron. No quise acudir al funeral por el bien de mamá. Henrietta sigue enferma, así que tampoco me atrevo a visitarla. Cada pocos días la llamo por teléfono para hablar un poco y comprobar qué tal se encuentra. Francesca se ha tomado unos días de descanso, así que tampoco la veo a ella.

La soledad nunca me ha gustado. Se nota que me está afectando, porque llevo varias noches teniendo un sueño muy extraño. Me despierto de madrugada y atisbo la silueta espigada de alguien en mi habitación. Por algún motivo, no siento miedo. La silueta hace un gesto con la mano hacia mí y me susurra algo que no entiendo. Al instante me vuelvo a dormir. También sueño contigo, con mamá e incluso con Domenica.

Antes de que preguntes, tranquila, no he contactado con ella. Borré su número el mismo día en que rompimos. No niego que a veces aún la echo de menos. La quise tanto que solo espero que sea feliz. No le guardo rencor: simplemente buscábamos cosas distintas. Nunca llegué a traerla a Buio. Lo agradezco porque al menos el pueblo no me recuerda a ella.

Mamá, por suerte, se encuentra mejor. Camina con mucha más seguridad, sin apoyarse en nada, y parece llena de energía. Estos días se encuentra incluso más animada que yo. Cuando le conté que Andrea había muerto, se encogió de hombros y admitió: "Me duele por su familia, pero no me caía bien. Era de mente demasiado cerrada". Por muy feo que suene, la comprendo.

Mamá siempre nos contó que se marchó de Buio para expandir sus horizontes, pero sé que nos mentía. No quiero imaginar la presión que debió de sufrir como madre soltera hace treinta años en un pueblo tan pequeño. Por eso nunca traje a Domenica ni a Alessandra, porque la gente del pueblo no nos aceptaría. Aún recuerdo lo mal que lo pasé cuando traje a Giulia un verano, hace ya casi quince años: los chicos que nos silbaban al pasar, las chicas que nos miraban con cara de asco, la gente mayor cuchicheando a nuestras espaldas.

Llegué a decirle la verdad a los abuelos, ¿sabes? Ocurrió a mediados del mes que pasamos aquí. Yo estaba ayudando a la abuela a cocinar mientras el abuelo leía el periódico sentado a la mesa de la cocina. No paraban de llamarla mi "amiga" y yo les expliqué que se equivocaban, que era mi novia. Primero se lo tomaron a broma. Cuando se lo tomaron en serio les cambió la cara. El abuelo bajó el periódico, la abuela soltó los tomates que estaba lavando y los dos me clavaron la mirada. La abuela empezó a repetir "No" y a sacudir la cabeza. El abuelo me habló sin moverse de la silla. Dijo que yo estaba confundida, que era demasiado joven, que se me pasaría. La abuela me cogió de los hombros y me miró a los ojos. Parecía a punto de llorar, y lo que dijo no se me olvidará nunca: "Sí, mi niña, no te preocupes, se te pasará, te curarás". Por eso mandaron a Giulia a dormir sola a otra habitación. Por eso mamá discutió con ellos unos meses después, cuando descubrió lo que me habían dicho. Por eso no volvimos al pueblo hasta años después. Y por eso mamá empezó a acudir conmigo a las manifestaciones: porque, como yo, comprendió que en el mundo aún queda gente que condena lo diferente solo por serlo.

Perdona por no contarte nada de esto hasta ahora. A mí me daba demasiada vergüenza y mamá quiso ahorrarte el sufrimiento. No creo que los abuelos fueran malas personas, ni que lo sea casi nadie en el mundo. Los abuelos querían quererme, pero no supieron hacerlo como yo necesitaba porque no supieron desprenderse de la manera en que veían el mundo, porque no supieron comprenderme. No les guardo rencor.

Espero no haberte deprimido contándote esto. Valoro mucho que mamá y tú me hayáis aceptado siempre. Os quiero más de lo que puedo expresar con palabras. Por eso no dudé en venir a Buio para pasar con mamá sus últimos meses. Y por eso, aunque te echo de menos, me alegro muchísimo de que estés cumpliendo tu sueño. Cada día que pasa queda menos para volver a abrazarnos.

Sigue contándome qué tal te va por Brasil, con tu proyecto, con la vida en el Amazonas, con todo. Así te siento más cerca de mí.

Un beso enorme,

Chiara.

15 mar, 9:17 pm

Hola, Gina:

Henrietta ha muerto. Llevaba varios días sin contestar el teléfono, así que ayer a primera hora llamé al centro de salud para pedir que se acercaran a su casa. Mi mayor miedo se cumplió. La encontraron en la cama: murió hace dos noches, mientras dormía. La doctora del pueblo dice que no sufrió. Al parecer, padecía una anemia muy grave que le había consumido toda la sangre. La última vez que hablamos por teléfono, Henrietta me dijo que por las mañanas despertaba siempre con mucha sed, pero jamás me habría imaginado que se encontrara tan enferma. Ayer, cuando no pude más, me escondí en el baño para llorar sin que me viera mamá. A ella le ha afectado menos. Me ha sorprendido descubrir que mamá consideraba a Henrietta "una cotilla con piel de cordero".

Henrietta siempre se mostraba muy amable con nosotras y la voy a echar mucho de menos. Todavía no me creo que no vaya a volver a verla. Una parte egoísta de mí lamenta que ahora me he quedado un poco más sola en el pueblo.

Mamá se encuentra bien de salud. Desde finales del mes pasado, más o menos, ha mejorado mucho en cuanto a energía y dolores. Lo único que me preocupa es que cada vez come menos y de forma más selectiva. Ha desarrollado un gusto inesperado por la carne, cuanto más cruda mejor. También está comiendo muchos hígados de pollo, que nunca le habían gustado en especial. Ella dice que se lo pide el cuerpo, que le apetece. Yo la veo demasiado animada como para negarle un filete más o un plato de hígados de pollo para cenar. Por desgracia tendré que hacerlo pronto, porque me temo que tanta carne le está afectando.

Por una parte, parece que está sangrando por la nariz. Le he encontrado pequeñas manchas de sangre en las sábanas y en las blusas de pijama; una mañana, incluso, le noté un surco de sangre seca en la barbilla. Pareció muy sorprendida cuando se lo comenté. Quizá le sangra la nariz mientras duerme y no se da cuenta; quizá sí se da cuenta, pero prefiere no decirme nada, para no preocuparme.

Por otra parte, le han cambiado los patrones del sueño. A veces me despierto en plena noche, sobre todo tras uno de esos sueños extraños que te conté con la figura espigada que me susurra, y oigo a mamá reír o moverse por su cuarto. La primera vez que ocurrió, me acerqué y la encontré sentada en la cama con la luz encendida. Me dijo que se había desvelado, que no me preocupara y siguiera durmiendo.

Creo que mamá me oculta algo. Hace unos días, en un descanso mientras trabajaba, entré al salón y ella se apresuró en esconder un papel. Le pregunté y se excusó con que había encontrado en un cajón una carta antigua de una amiga, pero que le daba demasiada vergüenza enseñármela. En otras ocasiones se queda un buen rato con la mirada perdida, o bien clavada en una ventana, para después sonreír o suspirar como una adolescente enamorada. Cuando le pregunto siempre me cuenta algún motivo inofensivo, como que pasar tanto tiempo en la casa en la que creció le trae recuerdos. Pero conozco a mamá mejor que a mí misma y sé que miente. Por una parte, comprendo que necesite intimidad, que no quiera contarme determinadas cosas; por otra, no niego que me duele que me haga esto a mí, a su propia hija. ¿Qué hago, Gina? ¿Le digo algo? ¿Cómo puedo digerir esta sensación tan desagradable de que, aun en sus últimos meses de vida, mamá me oculta algunas verdades?

Apenas sé cómo sigo adelante. Me aferro a todo lo que me despeje la mente: el trabajo, mi paseo cada atardecer, la compra semanal. Estos correos, aunque pueda no parecerlo, también me ayudan. Gracias a ellos ordeno un poco la cabeza y recuerdo que hay mundo más allá de este pueblo diminuto tan lleno de malas noticias.

Me alegra saber que tú sigues bien y que ya habéis podido terminar la primera tanda de vacunaciones. Algún día, después de que vuelvas, me gustaría visitar la zona en la que estás trabajando para poder verla con mis propios ojos. Me la describes tan bien que casi puedo oler la lluvia en la tierra, las comidas tradicionales o la madera de las cabañas. Tus correos me acercan un poco más a ti y al capítulo de tu vida que estás viviendo. Gracias por mandarme uno siempre que puedes.

Un abrazo,

Chiara

30 mar, 9:24 pm

Queridísima Gina:

En primer lugar, mil gracias por tus consejos. Hablas con mucha razón. Mamá tiene derecho a su privacidad y eso no lo cambia nada, ni la enfermedad ni que yo viva ahora con ella. Mamá siempre ha respetado nuestra privacidad, así que me parece justo comportarme yo de la misma manera. Sigo sospechando que me esconde algo, pero ya no me preocupa tanto.

En estas semanas, desde mi último correo, los síntomas de mamá han vuelto a empeorar. Duerme más de lo habitual, aunque lo prefiero mil veces a que vuelva a sufrir tanto dolor como para necesitar las inyecciones de morfina. Empezó retirándose a la cama un rato antes por las noches y poco a poco ha añadido horas de sueño a lo largo del día. Hoy, por darte un ejemplo concreto, se levantó a las diez, se quedó dormida en el sofá de doce a una, echó una cabezada de tres a seis y se ha ido a la cama a las nueve. Ella misma se ha dado cuenta de este cambio y bromea con que duerme tanto como un gato. Me alegro de que conserve el buen humor. Se me rompe un poco el corazón cuando identifico los síntomas de los que nos advirtieron los médicos, porque temo que signifiquen que no le queda mucho. Apenas me atrevo a hablar con mamá del tema. Solo espero que cuando llegue el momento no sufra.

En cuanto a Buio, no sabría decir si va bien o mal: una mezcla, quizá. Además de mi breve charla mañanera con Francesca, aprovecho la compra semanal para ponerme al día con las novedades del pueblo. La semana pasada enterraron a un tal Salvatore, un señor de la edad de mamá que había vuelto al pueblo tras jubilarse. No quise preguntar de qué murió. Se palpa cierta preocupación en el ambiente porque en lo que va de año ya han muerto tres habitantes de menos de setenta años, Andrea, Henrietta y Salvatore. Ahora el antiguo alcalde, don Flavio, ha enfermado y lleva unos cinco días sin apenas salir de su casa. Valentina, según he oído, llegó ayer para cuidarlo. Parece que la muerte hubiera elegido este pueblo para pasar el año. Me dan escalofríos solo de pensar en ello.

Me alegro de que, al menos, a ti te vaya bien por Brasil. Mucho ánimo con la segunda tanda de vacunación. Como tú misma dices, con cada persona a la que atiendes te ganas un poco más la confianza del resto.

Un abrazo enorme.

7 abr, 9:13 pm

Hola, Gina:

Sé que no leerás esto hasta al menos la semana que viene, si no después, pero necesito contárselo a alguien.

Parece que el escritor estuviera rondando nuestra casa. Yo misma he tardado en darme cuenta del patrón. En el último mes me lo he cruzado unas cuantas tardes en mi paseo diario, al salir o al volver. A veces, mientras friego los platos de la cena, también me parece verlo entre los matorrales. Anoche, como culmen de todo esto, ocurrió algo muy extraño y que aún me pone los pelos de punta.

Desperté de madrugada, no sé bien a qué hora. Oí ruido en el cuarto de mamá, así que me acerqué a comprobar que no hubiera pasado nada. Me encontré la puerta entreabierta. Recuerdo que primero me llamó la atención la luz tenue que se filtraba al pasillo y que razoné que se habría dejado la lámpara de la mesilla de noche encendida. Luego miré por la rendija de la puerta y no supe qué sentir.

Sentada en su cama, mamá abrazaba a un muchacho espigado de pelo cobrizo. El muchacho enterraba la cara en el cuello de mamá y mamá le lamía a él una muñeca. Cuando se alejaron un poco me di cuenta de varias cosas a la vez: que ese muchacho era el escritor, que a él le sangraba la muñeca y que mamá tenía unas heridas diminutas y sangrantes en el cuello.

Del susto, tropecé con mis propios pies y caí al suelo del pasillo. También debí de gritar, porque mamá y el escritor se giraron hacia mí al momento. Él bajó de la cama de un salto, abrió la puerta de la habitación de par en par y se quedó en el umbral, mirándome. Aunque lo veía a contraluz, pude distinguir que la herida de la muñeca le dejaba de sangrar poco a poco. Mamá seguía dentro del dormitorio y pidió "¡No le hagas daño!", aunque no sé a quién de los dos se refería. Yo no podía moverme; el miedo me había paralizado. El escritor extendió una mano hacia mí y susurró algo que no entendí. En ese instante lo reconocí como la figura espigada de mis sueños.

Lo siguiente que recuerdo es despertar esta mañana en mi cama, a la hora de todos los días. Me acerqué al cuarto de mamá y la encontré durmiendo tranquila, como todas las mañanas, sin rastro alguno de sangre ni del escritor. Cuando despertó unas horas más tarde, sobre las once, parecía la misma de siempre. En todo el día no ha hecho ni una sola referencia a lo de anoche. Quiero pensar que tan solo se trata de una pesadilla.

Cuando leas esto, dime qué piensas y qué me recomiendas que haga. No sé a quién más acudir.

Un abrazo,

Chiara.

10 abr, 8:40 pm

Hola otra vez, Gina:

Sigo sin noticias tuyas, pero también demasiado sola y preocupada como para no escribirte este correo.

La salud de mamá ha empeorado de forma drástica. Pasa casi todo el día en la cama, sin fuerzas más que para ir al baño o dar un paseo por su cuarto. Apenas tiene apetito y las únicas comidas que no le producen náuseas son la carne poco hecha y los hígados de pollo, aun si en pequeñas cantidades.

Me ha pedido que no llame al centro de salud porque no quiere sufrir más. Hace unos meses, cuando dejó el tratamiento, ya dejó por escrito sus decisiones en relación con estos últimos momentos: nada de médicos, nada de hospitales, nada de alejarla de su familia. Paso las noches a su lado, aunque siempre me quedo dormida durante al menos unas horas, por mucho café que beba; a veces, justo antes de dormirme, confieso que me parece oír la voz del escritor. Mamá me dice que duerma tranquila, que le basta con saber que sigo a su lado.

Pensé que me había preparado para cuando este momento llegara, que lo aceptaba, pero ahora veo que me equivocaba. Delante de mamá me trago el dolor y disimulo, pero la situación me sobrepasa. Me consuelo con que al menos no está sufriendo.

Espero que tú estés bien.

Un beso.

14 abr, 1:15 pm

Queridísima Gia:

Mamá ha muerto esta mañana.

Ayer el día transcurrió con normalidad. A última hora de la tarde me preparé para pasar la noche con ella: un termo de café, un libro, una revista de pasatiempos. Desperté de madrugada, sin saber siquiera a qué hora me había quedado dormida. Mamá respiraba con dificultad y tenía los labios manchados de sangre. Le hablé, pero no me respondió. Al limpiarle el rostro con una toalla húmeda me di cuenta de que le había subido mucho la temperatura. Me asusté más todavía cuando le coloqué el termómetro y marcó 40 grados.

Pasé las siguientes horas humedeciéndole la cara cada poco rato. Poco a poco fueron desapareciendo la fiebre y la dificultad para respirar. Parecía mucho más tranquila y pensé que solo habíamos pasado una mala noche. Poco antes del amanecer me di cuenta de que respiraba cada vez con más lentitud. Dejó de respirar justo cuando el sol terminó de salir. Sin poder creerlo, le busqué el pulso y no lo encontré. Al instante me eché a llorar.

Un rato después llamé al centro de salud y a la aseguradora. La doctora del pueblo se acercó antes del mediodía y certificó la muerte. Me comentó que también ha muerto Flavio, el antiguo alcalde. Siguiendo los planes que mamá dejó por escrito, la funeraria que contrató se pasará a recogerla antes de que termine el día. Mañana la incinerarán y pasado mañana traerán las cenizas a casa, sin que tenga que molestarme siquiera en salir de Buio.

Quisiera escribirte algo más, animarte, quizá, pero no tengo fuerzas.

Te quiero muchísimo.

15 abr, 8:00 am

Querida Gina:

Ayer a mitad de la tarde me eché un rato en mi cama y volví a soñar con que el escritor aparecía en la habitación y me susurraba algo. Desperté a última hora de la tarde, cuando ya había oscurecido. Apenas unos minutos después llegó a casa una furgoneta con los distintivos de una funeraria. De ella bajó un solo empleado, un muchacho espigado que por un momento me recordó al escritor, quizá por el sueño que acababa de tener. Me pidió disculpas por tardar tanto y explicó que le había costado encontrar el desvío a Buio, pero que había seguido adelante porque se había comprometido a recoger a mamá antes de que acabara el día. Confieso que me enterneció tanta dedicación, así que no le puse pegas. Lo acompañé al dormitorio de mamá. Me preguntó si quería despedirme, pero le dije que no, que ya lo había hecho. Entre los dos pasamos a mamá a una camilla que él traía. En menos de diez minutos desde la llegada de la furgoneta, mamá ya iba dentro. Firmé un papel certificando mi identidad y la de mamá y la furgoneta se marchó.

Esa noche no conseguía conciliar el sueño, así que sobre la una de la madrugada salí a dar un paseo para despejarme. Sin darme cuenta llegué a la otra punta del pueblo, a las afueras del otro extremo. Recordando lo que había oído a Henrietta y otros vecinos de Buio encontré la casa del escritor: una construcción antigua reformada, con tejado a dos aguas, rodeada por un pequeño jardín y un muro de piedra de poco más de un metro de altura. Por curiosidad la rodeé.

Aquí empieza lo extraño. Detrás de la casa había aparcada una furgoneta que, pese a la oscuridad, me resultaba familiar. Según caminaba cambió el ángulo con que la veía y me di cuenta de que era idéntica a la de la funeraria, solo que sin los distintivos. Una ventana de la parte trasera de la casa se abrió y yo me escondí de forma instintiva. Antes de que pudiera plantearme qué hacer oí una risa inconfundible que me puso la piel de gallina: la risa de mamá. Venía de la casa. Me arrastré hasta unos arbustos cercanos y desde allí, tras la maleza, me atreví a echar un vistazo. Atisbé una ventana entreabierta de la que salía luz y, al otro lado, dos figuras que bailaban y se abrazaban mientras reían. Una figura era espigada y de pelo cobrizo: el escritor. La otra la reconocí al instante: mamá. Pero no la mamá enferma, sin pelo, demacrada y de piel reseca. En esa casa bailaba mamá con el aspecto sano y vital que llevaba años sin ver, con el pelo hasta casi la cintura. Mamá antes del cáncer.

Después de un rato que se me hizo eterno, dejaron de bailar. Hablaron, pero no entendí qué decían. Mamá se acercó a la ventana. Algo pareció llamarle la atención y clavó la mirada en la dirección en que estaba yo. Admito que se me heló la sangre. Tras unos segundos, mamá cerró la ventana. Paralizada de miedo y sin saber qué hacer, yo me quedé quieta, esperando no sé bien a qué. En algún momento debí de dormirme, porque desperté mientras amanecía. Salí corriendo de vuelta a casa para escribirte este correo mientras conserve la noche fresca en la memoria.

¿Crees que ha sido un sueño, o que ha ocurrido de verdad? ¿Crees que mamá era la mujer que vi? ¿Qué hago, Gina?

Un abrazo enorme,

Chiara.

16 abr, 3:30 am

Queridísimas hijas mías, Chiara Larisa y Giorgia Lucrezia:

En primer lugar, no me busquéis. Ya me he marchado de Buio. Os escribo desde un correo temporal y un ordenador que pronto será destruido. Cuando vi a Chiara tras esos arbustos supe que os debía una explicación.

“El escritor”, como vosotras lo conocéis, se llama Bruno. Nos conocimos hace muchos años, unos cuarenta, antes de que vosotras nacierais. La relación no funcionó, entre otros motivos porque sentía que me guardaba secretos, así que cada uno tomó su camino.

Hace un par de años, poco después de mi diagnóstico, volvimos a cruzarnos por pura casualidad. Lo reconocí al instante porque no había cambiado ni un ápice, como si no hubiera pasado ni un día. Hablamos. Le conté mi diagnóstico y él me reveló el secreto que me había guardado cuarenta años atrás: Bruno es un vampiro.

Los vampiros existen. No sé cuántos ni dónde, pero Bruno es uno de ellos. Y ahora yo también. Bruno me ofreció la inmortalidad cuando sintiera que el cáncer me ganaba la batalla y yo acepté.

Escogimos Buio para llevar a cabo de la manera más discreta posible el plan que habíamos orquestado. Con mi beneplácito, Bruno tomó fuerzas alimentándose de quienes más daño me habían hecho; entre ellos vuestro padre, que nunca quiso responsabilizarse de vosotras ni revelar siquiera nuestra relación, y Henrietta, mi mejor amiga de la época, a la que le confié el secreto de mi embarazo y que corrió la voz antes de que yo pudiera marcharme del pueblo.

Me encuentro bien, libre de todo dolor y enfermedad y acompañada por un hombre fantástico. Soy muy feliz. Espero que vosotras también lo seáis. Debo ocultarme durante un tiempo, pero en el futuro quisiera buscaros y haceros una visita.

Si alguna vez me necesitáis, pensad en mí y acudiré a ayudaros.

Os quiere por toda la eternidad vuestra madre,

Giorgia Bianca Ascolta

# ACERCA DEL AUTOR

## Margarita Regalado

Margarita Regalado (Sevilla, España, 1996) inició su trayectoria literaria pública en la temporada 2017/2018 de Poetry Slam Sevilla. Como parte de su actividad literaria presente, publica dos veces a la semana en la cuenta de Instagram @margaritaregaladopoeta y la página de Facebook "Margarita Regalado, poeta".

# LIBROS DE ESTE AUTOR

## El Dolor Que Va Dentro

Margarita Regalado se abre en canal a través de los versos para sacar a la luz sus peores demonios y mayores esperanzas, con la salud mental como hilo conductor.

www.ingramcontent.com/pod-product-compliance
Lightning Source LLC
LaVergne TN
LVHW050330160826
845677LV00014B/3577

* 9 7 9 8 8 4 6 9 8 3 7 6 2 *